GANGUE

Manuel Funes

GANGUE

1ª Edição
POD

Petrópolis
KBR
2013

Edição de texto **Noga Sklar**
Editoração **KBR**
Capa **KBR sobre Arquivo Google**

ISBN: 978-85-8180-091-2

KBR Editora Digital Ltda.
www.kbrdigital.com.br
www.facebook.com/kbrdigital
atendimento@kbrdigital.com.br
55|24|2222.3491

B869 - Literatura Brasileira

Manuel Funes é escritor de livros técnicos e novelas curtas. Nasceu em San Salvador, El Salvador. Formado pela UFPR em 1983, fez estudos de extensão em informações estratégicas, política e religiões comparadas. Atualmente, mora em Curitiba e trabalha como consultor de BI. *Gangue* é seu primeiro romance publicado.

E-mail: manuelfunes@yahoo.com.br

A minha esposa, Luci M. Carvalho Funes

Temos membros de gangues com oito, nove e dez anos.
Os responsáveis são os pais.

Aqueles que apoiam a legalização das drogas ignoram
a diversificação empresarial dos cartéis.

(Manchetes num jornal da América Latina)

Esta é uma obra de ficção, porém baseada em fatos e tendências reais, um alerta natimorto, mas, como parte da espécie, me senti no dever de descortinar possíveis futuros.

SUMÁRIO

PARTE 1

SEDAH

UMA JANELINHA

Voando a 300 milhas por hora, rasgamos o céu como uma gaivota cor de prata. Na frente vão o piloto e uma bela mulher, comissária de bordo, e este seu servidor. O mar se funde com o horizonte e não se pode ver nem sinal de terra.

A moça se levantou da poltrona de couro marrom e me ofereceu uma taça de vinho, me olhando com seus formosos olhos verde-turquesa. Para terminar, dispara um sorriso de longa-metragem.

Não estou acostumado às coisas correndo bem, mas nesse momento uma percepção esquisita me deixou gelado. A última vez que isso aconteceu, terminei no meio da selva amazônica com um 38 mirando na minha cabeça.

Meu tipo de trabalho, *videomaker* investigativo, após algumas tomadas indiscretas te deixa meio paranoico. Fiz um esforço para afastar o mau presságio, decidi aproveitar a bebida e a companhia.

— Boa-tarde. Sedah, a seu dispor.

— Nome elegante e diferente.

— Já me disseram, é de origem Armênia. Negócios ou férias?

— Bem, acredito que os dois. Vou fazer umas tomadas para a campanha publicitária das ilhas e suas belezas naturais, como você... Mário Esteves, prazer.

Quando apertei sua mão, uma corrente deliciosa entrou no meu corpo. Fazia muito tempo que não sentia essa sensação. A mulher percebeu, uma ponta de recriminação perpassou seu rosto e se chocou contra o silêncio. Acomodou-se na poltrona a meu lado e disparou, à queima-roupa.

— Olha, vamos tomar um rum, a vida é curta e passa depressa.

— Quando quiser.

A ênfase em "a vida é curta" parecia um aviso. Como dizia um velho redator da revista, "o importante são as entrelinhas". Fiquei pensativo, e fiz o que todos os homens fazem: olhei para as pernas e curvas de minha nova amiga enquanto ela se deslocava até o assento atrás do piloto, enquanto ela fingia que de nada sabia. Todo paraíso têm uma serpente, e seria decepcionante se fosse ela.

Estou velho, pelo menos para a minha profissão. Vivi mais de meio século, tenho algumas cicatrizes no corpo e na alma. Capturei muitas injustiças com a lente da minha filmadora; em todos estes anos, acredito que a sociedade se tornou tenebrosa demais, sentimos deslizar sob a pele um medo silencioso e não evidente, parecido com a sensação de ler o conto "A Pata do Macaco", de W. W. Jacobs, pela primeira vez.

À medida que nos deslocávamos em direção a nosso destino, o ambiente se modificava sutilmente, o ar ficando pesado, a luz mais fosca e os objetos diminuindo e aumentando de tamanho conforme sua vontade. Todas as nossas percepções não passam de mera interpretação, podemos até dizer que era tudo efeito do vinho. O tempo parecia ter se tornado sólido em torno do meu corpo, meus movimentos desenhando um rastro que se desvanecia lentamente. A janelinha era como qualquer outra de um monomotor. Atravessando o vidro, a realidade entrava por ela na forma de pequenos tijolos de luz, levando microssegundos para atingir a parte posterior do meu crânio. Abaixo de nós, casulos de diversos formatos e tamanhos, guardando milhares de seres, se desenhavam formando um labirinto sem fim. Tive a clara impressão de que aquela região esquecida no tempo poderia me engolir.

Não sou um homem que se deixa levar pelas emoções. O surdo ruído das rodas tocando o chão e seu impacto seco me tiraram do devaneio e da ilusão. San Agustín, capital do arquipélago, me dava as boas-vindas. As rajadas de calor e o sabor de sal marinho inundaram as minhas narinas.

Quando desci, pisei aquele solo pela primeira vez, minha vida passou em gotas por entre a queda e o êxtase. As imagens pareciam se descolar, como descargas elétricas me ofuscando.

— Vamos, gringo, chegamos ao paraíso — a voz de Sedah me trouxe de novo à realidade.

Fiquei preocupado. Nunca tinha tido esses lapsos de estado alterado de consciência antes. Lembrei-me de alguns bruxos na fronteira entre o Peru e o Brasil compartilhando suas visões. Durante as tomadas do documentário, fiz amizade com um deles, e ele me disse que o todo é feito de rios e que podemos alternar entre um e outro. Existem infinitas correntezas e algumas vezes nos perdemos, todos morrem quando não conseguem voltar do mergulho, nesse instante deixamos de existir. Estamos juntos na criação ficcional de um universo, presos na mesma fenda de pensamento que nos levará a uma redescoberta mútua dos estímulos que nos levam agir em nossa aventura pessoal. A realidade é, simplesmente, a precipitação de uma probabilidade.

Fiz um esforço concreto para manter minha mente centrada no presente.

A ORLA

Havia uma pick-up vermelha à nossa espera. Sedah entrou primeiro. Um calor abrasador nos envolvia.
— Martini e Cubanos legítimos para saborear no caminho? — o motorista ofereceu, cordialmente. — Aproveitem as ilhas!
Eu era visto como o repórter de uma famosa revista, fazendo um documentário de publicidade para trazer clientes milionários; recebia um tratamento de primeira, sem chance, eu tinha que entrar no jogo. Tomei o martini de um gole e acendi um charuto.
No caminho, quase esqueci o caso Jacaré, no qual trabalhara como um condenado por longos e ásperos quatro meses, levantando dados e entrevistando testemunhas. Os valores tinham sido revertidos. O crime organizado detinha o controle do estado. Apresentei a matéria ao Alonso, meu editor. Ele ficou impressionado, até me pagou um bônus. Duas semanas depois, me ligou no celular e disse:
— Cara, o editor-geral adorou teu trabalho. Porém, creio que não será publicado.
— Por quê?

— Não é pela qualidade, você sabe, pressão política...

— Filhos da puta. Estão com medo, ou levaram uma grana por fora!

— Calma, Mário... A revista vai até te pagar umas férias. Legal, não?

— É, sei... para me manter longe até a poeira baixar...

— Bem, é melhor que levar seis tiros pelas costas. Aproveita!

Não era simples retórica. No último ano, mais de vinte jornalistas tinham sido apagados pela mão cinzenta do tráfico. Obedeci. E aqui estou, escutando um reggae e serpenteando pela orla, vendo desfilarem à minha frente imponentes hotéis de luxo.

— Pensativo?

— Um pouco. Contemplando a beleza das praias. E você, a propósito, está a trabalho ou de férias? — devolvi a pergunta de antes.

— Acredito que a... prazer. Sou acompanhante VIP.

— E isso te agrada?

— Muito. Além do quê, paga bem.

Ambos rimos. Algumas nuvens brancas e muito suaves nos atropelaram, sem a menor educação. Cheguei à conclusão de que eram mesmo minhas férias, as primeiras em décadas.

— Mário, o que você acha da crise na Europa?

— Pura manipulação. Tem muito mais coisa no fundo.

— Concordo. Um grande amigo meu, bem íntimo, me diz que este ano teremos uma quebra generalizada, mas que no final será muito bom para os negócios.

Sedah era uma mulher inteligente, instruída e bem-humorada, o que não combinava com seu trabalho. Mas, se pensarmos bem, onde está a lógica na sociedade? Lembrou-me Shakespeare: "Choramos ao nascer porque chegamos a este imenso cenário de dementes".

No final da tarde, com as cores do crepúsculo se refletindo na crista das ondas de um mar perfeito, entrei por um portão imponente, em estilo grego. No alto, em letras douradas, se lia: KING WAY RESORT.

O CURA NA TORRE

Fiz o *check-in*, e Sedah também. Olhei por cima do seu ombro para conferir o número da suíte. Na minha porta, digitei meu código de segurança e ao entrar uma janela panorâmica me deu as boas-vindas. Na mesa de centro, uma garrafa de licor e uma caixa de charutos cubanos. Guardei meu material de filmagem no closet, tirei a roupa e entrei na ducha. Entre uma gota e outra apareceu uma lembrança nova, uma imagem inédita até aquele momento: olhando pela janelinha do monomotor, vi um padre vestido de preto que agitava alegremente as mãos, com um leve sorriso, sentado sobre a torre de uma igreja muito antiga. Tudo de forma muito normal. As gotas aos poucos diminuíram sua velocidade; eu podia ver cada uma em câmara lenta, respingando em mim antes de bater nas lajotas.

Saí sem roupão. O calor secou meu corpo em poucos minutos. Larguei-me sobre a cama e adormeci. Despertei com o frio do vento marinho entrando sutilmente pela janela e coloquei as mãos na cabeça. Puta merda! Era meu aniversário, 54 anos e ainda não encontrei meu lugar neste mundo! Será que entenderei o sentido de minha vida antes de encontrar o diabo? Uma risada escapou e ecoou pelo recinto.

Abri o frigobar e agarrei uma garrafa de rum. O primeiro trago me queimou a garganta, os outros foram doces como um elixir. Uma frase chegou e entrou em meus pensamentos, sem que eu lhe desse permissão: "A realidade é um pesadelo no mundo dos sonhos".

Despertei com o sol dos trópicos no rosto e uma sede fenomenal. Vesti-me rapidamente, liguei meu notebook, conectei a rede e digite a senha do Wi-Fi. Por email, Alonso me mandou o número da conta de banco com um limite bem generoso, os números de contato de alguns guias e pessoas que poderiam me ajudar com o documentário, e anexada, claro, a foto de uma morena tomando sol, com o recado "Aproveita, cara".

Durante o café, consultei no tablet os guias disponíveis. Escolhi um nome ao acaso, Marcos Lopes, bem, pelo menos foi o que acreditei naquele momento. Na realidade, queria fazer meu trabalho rapidamente — elaborar o roteiro, filmar uma dúzia de garotas belíssimas nos melhores lugares para os turistas ricos — e, em seguida, ficar aproveitando, tentando esquecer este mundo por alguns dias.

Liguei para o Marcos e marcamos de nos encontrar às 10h30 da manhã na Praça Merliot. A brisa morna e uma luz suave inundavam o ambiente. Tudo perfeito, pessoas bem-vestidas e agradáveis, comunicação rápida... pelo menos neste planeta não existia um lugar ideal, utópico como este. Uma ponta de preocupação nasceu dentro de mim, mas me convenci-me de que era paranoia de um velho jornalista. Se fosse um apóstolo, me chamariam "Tomé".

O GUIA

Eu tinha uma hora para chegar à Praça Merliot. Subi rapidamente e peguei a filmadora digital, nunca se sabe o que podemos flagrar. Na saída, pedi informações à recepcionista.

— Bom-dia, meu anjo.

— Bom-dia, Sr. Mário. Em que posso ajudar?

— Poderia me informar como chego à Praça Merliot?

— O melhor é utilizar nosso serviço de condução para hóspedes.

— Maravilha.

— Uma pequena recomendação: procure não sair do perímetro para turistas.

— Está certo.

Alguns coelhos escondidos na moita. A moça chamou o motorista.

— Bom-dia, Sr. Mário. Meu nome é Siríaco, mas pode me chamar de Siri.

— Bom-dia, Siri. Vamos, então. Quanto tempo até a Praça Merliot?

— No mínimo 45 minutos, pela orla.

— Merda. Não tem outro caminho?

— Olhe, tem. Pelo mercado, mas se souberem que saímos do perímetro posso perder o emprego.

— Não vou contar. Além do quê, cem mangos sempre ajudam, né?

— Bem... Pensando bem... É. Obrigado.

Saímos do famoso "perímetro". Cortamos por fora da orla e enveredamos por ruas estreitas e cada vez menos bucólicas. Saindo de uma curva com coqueiros, demos de cara com um grande mercado circular. Em volta, todo tipo de barracas oferecendo produtos, legais ou não. A cada metro de calçada podíamos ver seres humanos lutando pela sobrevivência. Reduzimos a velocidade. O lugar parecia um mercado asiático antigo, sentia-se o cheiro de prostituição física e moral. Meus sentidos ficaram em alerta. Ouvi fortes golpes nos vidros do carro. Siri gritou:

— Feche as janelas!

Uma mão quase me atingiu o rosto. Parecia que o vidro não fecharia nunca. Algumas moças com papelotes e saquinhos coloridos disputavam minha atenção. Uma delas tirou a camiseta e ficou seminua.

— Siri... Onde estamos?

— No Mercado. A menos que deseje fumar crack ou voltar para casa com AIDS... vamos dar o fora!

É. Os coelhos não paravam de pular das moitas.

— Graças a Deus ainda é cedo — disse Siri, com certo alívio e um pouco menos de medo.

— Como assim?

— Se fosse noite estaríamos encrencados de verdade. Após nos levarem tudo, poderíamos acabar num buraco no morro, com a metade do corpo torrada.

Pensei que nunca mais pediria caranguejo no jantar.

A última recomendação de Alonso, "Não arruma confusão", pulava como feijão mexicano dentro da minha cabeça. Instintivamente, peguei a filmadora. As imagens se grudaram na lente como sanguessugas. Aceleramos, jogando areia por todo lado. Quinze minutos depois, estávamos na Praça Merliot. Abri a porta e saltei, o ar dentro do carro estava ficando rarefeito. Siri, com um olhar preocupado, verificava o capô em busca de amassados.

O lugar era a antítese do anterior: tijolos vermelhos, lajotas barrocas, palmeiras esplendorosas e, para culminar, a estátua em bronze de algum antigo caudilho do lugar. Procurei pelo café Hot Chile, que nome exótico. Marcos Lopes estava sentado logo na frente, esperando, com a mais calma das expressões, parecia que nada o perturbaria.

— Bom-dia! Mário?

— Em pessoa. Olá, Marcos, bom-dia!

Convidou-me para sentar, enquanto Siri olhava, curioso, a uma distância razoável. Minha respiração ainda estava agitada.

— Vejo que deu um passeio fora do "perímetro" — disse, como uma leve pitada de cinismo.

Tomei um gole de água, respirei fundo. Marcos ajeitou seu chapéu de palha amarela.

— O Alonso me recomendou que cuidasse bem de você em sua estadia aqui em San Agustín.

— Nem me fale.

— Que lhe mostrasse os melhores lugares das ilhas e fizesse contato com a agência de modelos para o documentário — fechou um pouco os olhos e continuou em voz baixa. — E para não te deixar arrumar confusão!

Desviei o olhar. O gelo, pelo menos, estava quebrado. Conversamos sobre as ilhas e marcamos uma reunião de trabalho para o dia seguinte e nos despedimos. Caminhei lentamente até o carro, onde o bom humor de Siri tinha voltado.

— Podemos ir pela orla desta vez?

— Sim.

Minha resposta agradou.

CONVERSAS

Acordei relaxado. Algum processo tinha se iniciado, delimitado no firmamento pelo trânsito de algum cometa.

Siri apareceu, dessa vez como um Rover todo equipado.

— Bom-dia, seu Mário.

— Bom-dia, Siri. Me chame de Mário, ok?

— Ok. Então, o que achou? Maneiro?

— Puxa, Siri. Hoje você se superou!

— Tração nas quatro rodas, não se afoga na água e tem duas portas blindadas.

— Você leu meus pensamentos!

— Não creio, Mário. Só quero continuar vivo.

Sentei-me na frente, ao lado de meu fiel escudeiro.

— Vamos até a Rua Concórdia 76, bem no centro.

— Seu... Mário... São mais 5360 pratas.

Assenti com a cabeça. Bem, nada é de graça neste mundo.

Marcos nos aguardava na rua. Entrou no carro rapidamente e nos cumprimentou de maneira jovial.

— Hoje vamos dar um giro pela Ilha de San Agustín.

— Legal. Vamos terminar logo o "trabalho" oficial.

Marcos retrucou:

— Não sabia que tinha outro.

— Bem, é que o bom jornalista nunca perde uma oportunidade...

A cidade para turistas era realmente um luxo: hotéis cinco estrelas, ruas pavimentadas com enormes áreas verdes, restaurantes exóticos, lojas de todas as grifes e, evidentemente, muita gente bonita circulando. Acertamos a diária do Marcos como meu guia, o piso para esse tipo de serviço: 500 pratas, limpas, e todas as despesas pagas.

Tiramos a manhã para o reconhecimento das principais locações. Na hora do almoço, já tinha o roteiro pronto. Dispensei o caranguejo. Um peixe seria mais leve. Após o almoço e um bom charuto, perguntei ao Marcos:

— Tem algum lugar interessante para visitar? Sabe de alguma coisa que não seja para turistas, algo, digamos, mais denso, religioso, talvez?

A lembrança do padre na catedral não saía da minha cabeça.

— Claro. Sempre tem, meu amigo. A catedral velha, por exemplo, com mais de 350 anos de história.

— Ótimo. O Siri leva a gente.

No caminho, contornamos o mangue, uma série de palafitas miseráveis que serviu de fundo para o nosso silêncio. Eu seria capaz de pagar para saber o que o Marcos estava pensando.

À nossa frente, erguia-se imponente e misteriosa, sobre solo sagrado, a velha catedral de San Agustín. Duas torres se perfilavam sozinhas, e olhei para o lugar onde o padre deveria estar.

— Marcos?

GANGUE

— Sim, Mário.
— O que sabe sobre ela?
— Bem, nos anos 1980 tivemos aqui nas ilhas uma
guerra civil. Morreram muitas pessoas inocentes, e o padre, assassinado numa sexta-feira, queimou junto com a
catedral. A Santa Sé optou por fechar a igreja.
— Que merda, hein! Uma desgraça, opa, desculpe...
É a vida, ou o destino... Parece carecer de sentido — Marcos acomodou seu chapéu amarelo e me convidou a sentar numa pedra enorme e circular. Seus olhos pareciam
me atravessar.
— Sabe, Mário, eu era professor de Física antes de
me tornar guia, e posso te afirmar que tempo e espaço
continuam a ser o maior mistério. Ainda assim, podemos
vislumbrar alguma coisa.
— E por que mudou de vida de forma tão radical?
Meu interlocutor ajeitou de novo o chapéu e falou
num tom tão claro que os outros sons desapareceram.
— A existência é uma trajetória aleatória num espaço de probabilidade que chamamos "Cosmos".
Pela primeira vez, percebi que mergulhava em outra
correnteza. Acima de nós, duas nuvens e uma gaivota pareciam coladas no céu azul, chapadas, como numa pintu-
ra acrílica. Siri estava congelado ao lado da pick-up. Nas
ondas do mar, eu conseguia ver as gotas de água, estáticas,
da mesma forma que na ducha.
— Mário! Isto também é real.
— É, Marcos, obrigado por me dizer, quase surtei...
— Pelo menos você tem senso de humor.
Disparei uma pergunta à queima-roupa.
— Marcos, como é que isso funciona, me diga, sem
demagogia, por favor.

— Quando você escreve, Mário, faz a mesma coisa.

Percebi que o Marcos estava vários passos na minha frente, e não gostei. Mas sentei-me sobre a areia, tirei os sapatos e me dispus a ouvir. O guia continuou.

— Tudo se reduz a partículas que se chocam umas com as outras, numa realidade mágica onde os acontecimentos, inicialmente irrelevantes, nos remetem como bolas de bilhar para futuros alternativos, que se tornam reais. Cada ser humano tem seu tipo de incidente. Se lembrarmos os fatos que de tempos em tempos nos atingem, vamos perceber que sua natureza é similar. Pode ser uma viagem, a leitura de um livro ou o encontro com outro ser humano de forma casual. Sempre é um fato aparentemente simples que dispara um processo de mudança extremamente complexo, um gatilho da vida.

— E por que perdemos o rumo?

— Quando somos crianças, além de o tempo passar lentamente, nosso mundo é como um Monet; ao deixarmos esse estagio, digamos, se transforma num Dali, nos perdemos no momento em que a percepção interior da realidade, que é sempre bela, se distorce, alguma coisa como trocar a tela da vida por um cartaz de refrigerante barato no momento em que passamos a confiar nas distrações exteriores e deixamos de lado o instinto natural, a vida interior.

De repente, nuvem, gaivota, mar e todo o resto voltaram a parecer reais, mas diferentes de alguma forma. Minha percepção tinha mudado.

Deixamos Marcos em casa. À noite, não bebi nada e dormi em paz pela primeira vez em muitos anos.

MISSA NEGRA

Na manhã seguinte, acordei bem cedo. Desci até o restaurante e pedi um café super reforçado. Ao levantar os olhos, vi à minha esquerda a figura esbelta de Sedah. Nossos olhares se cruzaram e ela me chamou para a sua mesa.

— Mário! Que surpresa agradável!

— Igualmente.

— Como vai seu documentário?

— De vento em popa. E você, muitos VIPs?

— Alguns, coração. Mas saiba que você é especial.

O galanteio me pegou no ar, desligado. Alguma coisa forte me chamava para entrar naquela igreja, uma coisa boba, porque não havia nada além de cinzas e madeira queimada em seu interior. O melhor jeito de tomar uma decisão quando não temos parâmetros é confiar na sorte.

— Sedah? O que você faz quando sente que deve fazer alguma coisa?

— Escuto a voz interior. Vou e faço.

Terminamos o café em silêncio. Ela se levantou primeiro, e me acompanhou até a recepção, onde nos despedimos.

— Mário, você está me devendo um rum.

— Não vou morrer sem tomar um com você!

Ela deu um sorriso malicioso.

Chamei Siri pelo celular, e ele me encontrou na frente do hotel.

— Bom-dia, Mário.

— Vamos à catedral velha.

— Tem certeza?

— Tenho.

A pick-up nos levou rapidamente, cortando caminho pela estrada do mangue. Dessa vez não conversamos. Quando chegamos, Siri me ofereceu uma lanterna e um crucifixo de prata, muito antigo.

A entrada principal estava selada. Entrei pelos fundos, passando pelo que deveria ter sido a sacristia, e entrei na nave principal. Senti-me protegido pela primeira vez na vida. O lugar estava todo destruído, pelo tempo e pela tragédia, e lá veio de novo aquela sensação de percepção alterada. Pelo menos, eu já podia reconhecer quando a coisa estava para acontecer, sentia um leve zumbido nos ouvidos. O teto se curvou levemente.

— Estava esperado por você, Mário.

— Eu também, padre...

— Monsenhor Alberti.

As dimensões se alteraram, e o agora se tornou irrelevante. Era a mesma catedral, mas em outro ponto temporal onde eu era um clandestino. Era noite, uma noite diferente. O ar rasgava a garganta e a respiração era forçada. Os santos de madeira da igreja nos olhavam como se desejassem levar nossas almas ao final da missa. O passo era lento e marcado, e eu procurava um espaço na multidão que se acotovelava sob a cúpula principal. Rostos repuxados como máscaras de cera amarela se erguiam em fileiras, à espera do séquito de homens de Deus que nos levariam ao êxtase da consciência divina.

Nessa realidade tetradimensional, nossa percepção se desloca pela realidade imóvel onde os fatos estão dispostos, esperando nossa passagem. É inevitável. O cheiro forte das essências, queimando nos incensários prateados que os acólitos balançavam em tom fúnebre, não anunciava boas novas. Se pudesse, eu fugiria daquele lugar que não era mais santo, mas sim, maldito. O órgão anunciou a chegada dos apóstolos. O séquito em brancas vestimentas subia as escadarias do altar--mor. O corpo de Cristo servia de fundo para os oratórios. A nave era a boca de um lobo, esperando o momento certo para nos engolir.

Lembro cada detalhe, segundo a segundo. Monsenhor levanta as mãos em oração, e nossos reflexos se misturam sob as luzes dos candelabros dourados, o vinho tinto molhando os lábios que suplicam perdão e misericórdia para todos nós. Num momento de justiça, as palavras ecoam, calam fortes, estalam como chicotes nas mãos dos santos, rachando nossa consciência em pedaços. Clamam pelo fim da tragédia, pelo cessar das hostilidades; todos rezam para que a verdade seja mais forte do que a falsidade dos homens.

Os acontecimentos, acelerados, convergem como os raios de uma tempestade. Uma sombra, obscura como um halo de maldade, cerca o homem que fala de paz. Repentinamente, um som surdo, e uma explosão cega nossa visão. O projétil de chumbo penetra na fonte de Monsenhor, quebrando os ossos de seu crânio. A verdade e o homem se esfacelam na Missa do Galo, e no mesmo instante deixamos de existir.

Não sei ao certo quanto tempo Siri e eu demoramos para reagir. Podem ter sido segundos, ou milênios. Me pergunto se os anjos sentem alguma dor pelo que aconteceu na missa negra do Natal. *Per Omnia Saecula Saeculorum!*

Sem coragem de retornar ao hotel e dormir sozinho, me deixei ficar. Amanhecemos nas areias da praia, e meus olhos ardiam de tanto chorar.

ONDE É A SAÍDA?

Ao entrarmos, o manobrista deixou escapar um comentário.

— A festa estava boa, Seu Mário?

Olhei o sujeito atravessadamente. Demorei uma eternidade para chegar à suíte. Meu corpo doía até os ossos. Pulei sobre o telefone fixo.

— Meu anjo, por favor me faça uma reserva, no primeiro voo para o continente.

— Retornarei o horário. Mais alguma coisa?

— Sim. Não estou para ninguém, ok?

— Perfeitamente.

Desliguei com brutalidade. Abri a água morna da hidromassagem e joguei lá dentro o primeiro pacote de sais de banho que encontrei, para ver se amenizava a dor muscular. Quando as coisas começam a sair controle, o melhor é dar o fora enquanto podemos.

Eu já tinha algumas tomadas publicitárias; se fizesse uma montagem inteligente com outras cenas do lugar daria para quebrar o galho. Na volta, marcaria uma consulta com um psiquiatra amigo meu. Definitivamente, minha cabeça não estava nada bem.

Fechei os olhos, que água relaxante. Ao abri-los, quase perdi o controle da pick-up. Porra! Não me lembrava daquela estrada de terra, estreita, cheia de buracos e rodeada de mato por todos os lados! Mandei uma mensagem para meu cérebro:

— Calma, meu velho. Isto é um sonho. Você está tomando um banho quente e tranquilo.

Aqui onde estou era final de tarde, com muitas nuvens ocultando os raios do sol. Repentinamente, a estradinha terminou. Fechei e abri os olhos várias vezes para ver se acordava. Abri o porta-luvas, devia ter uma garrafa de rum em algum lugar. Nada. Descansei a testa no volante.

— Uma bebida, Mário?

— Oi, Sedah. O que você está fazendo aqui no meu sonho?

— Bem, não é um sonho, e se fosse, não seria seu — uma resposta à altura da situação.

Meus olhos buscavam os dela, mas por algum motivo não os consegui encontrar.

— Aqui. Pode ser no gargalo, mesmo.

Tomei um gole. Desceu com um peso de chumbo.

— Vamos tomar um ar, Mário?

— Até ar a gente tem. Que bom! — respondi, num tom cínico.

O sorriso malicioso dela me deixou preocupado. Descemos, contornamos o capô, e nos encostamos nele. Sem ter nada para dizer olhei para os meus pés, só para ter certeza de que ainda estavam ainda colados em meu corpo. Ao levantar a vista, vi dezenas de crianças fazendo um circulo em torno de nós. Seus olhos eram desproporcionalmente grandes em relação às cabeças, da mesma forma que seus membros, longos e finos. Fiquei quieto. Não tinha nenhum lugar para onde fugir.

— Sedah, ainda está aqui?

— Estou.

— O que esta acontecendo?

— Ah, Mário. Estamos na vila do mangue velho. Os soldados cometeram um genocídio.

— Essas crianças à nossa volta?

— É, ainda não perceberam onde se encontram.

— Me prove que tudo isso não é um sonho — era o velho Tomé pulando a cerca de novo.

Sedah quebrou a garrafa no para-choque e cortou a minha mão. A seguir, me jogou numa tábua velha e carcomida, sobre a qual se podia ler:

Acordar do pesadelo/ Saber que tudo é real/ Saturno à nossa espera/ Para nos devorar.

Nos olhos dos mortos/ As lagrimas secaram/ Gélida solidão nos ossos/ Um réquiem por aqueles que amamos/ Quando nossos lábios se fecham para sempre/ Ninguém fará uma oração por nós.

Deus, onde estavas?/ Quando os estertores finais das almas em pranto/ Anunciavam o fim da existência?/ Malditos anjos que riem/ Dentro das catedrais/ Calem-se!

Porque os que morrem sem esperança/ Enterrados vivos na obscura sepultura/ Devem ser esquecidos no juízo final/ Sem Fuga!/ Sem Cruz!/ Sem Redenção!/ Sem Justiça!

Os caminhos sempre levam a algum lugar, mas eu nunca tinha desejado chegar a um túmulo coletivo, esse monumento à perversidade humana que acabei encontrando, marcado por uma tábua que blasfemava. Um espectro tinha escrito nela com o sangue dos inocentes!

Rito de passagem

Meu corpo sentia a água morna. Eu estava na minha suíte, à minha frente via as toalhas, um pente e um desodorante pela metade, mas tinha medo de virar o rosto.

— Sedah?

— Ainda estou aqui, Mário.

Engoli em seco.

— Que diabos estou fazendo nessa história?

— Alguém tem que contar a verdade ao mundo. Só isso.

— E esse alguém... Sou eu, não é?

— Sim... coração.

— Posso fazer mais um pergunta?

— Mais uma.

— Você é a morte?

— Mais ou menos, digamos que sou uma franqueada. Mas pode continuar me chamando de Sedah.

Mergulhei a cabeça na água e fiquei esperando até o ar me faltar. Durou pouco, é muito difícil segurar a respiração e rir ao mesmo tempo.

— Puta merda! Você vai me matar de susto.

Sedah se sentou na borda da banheira e me olhou

com ternura, o que me animou a perguntar:

— Tudo isso é real?

— Nada é, Mário. A realidade está além da simples percepção sensorial a que você se acostumou durante o último meio século.

Me veio à memória um aforismo de Nietzsche: "São os sentidos que tornam as coisas dignas de fé, lhes conferem boa consciência e aparência de verdade."

— Bem, não precisava me lembrar de que estou velho. No final das contas, quem controla...?

— Ninguém. Sempre estivemos à deriva.

Tudo no meu entorno voltou ao seu lugar, e o toque do telefone me fez ter certeza disso.

— Sr. Mário?

— Creio que sim...

— Sua reserva é para hoje, às 17h30, no portão H03. Leve seus documentos, e pode pegar a passagem na recepção comigo.

— Obrigado, mas não vou mais.

— Devo cancelar então?

— Sim.

Senti uma dor na minha mão. O corte sangrava. Por um truque divino, só percebemos os efeitos dos acontecimentos na sua totalidade quando olhamos para o passado, uma espécie de relógio inverso do tempo.

NASCE UM DOCUMENTÁRIO

Minha cabeça fervilhava de ideias e questionamentos. Inicialmente, com relação às ilhas, mas, logo depois, a conclusão óbvia: tudo se referia a mim mesmo, era a famosa crise existencial que eu tanto tentava adiar ressurgindo com força, determinada a me esmagar como se eu fosse uma barata: dois casamentos frustrados, dois filhos que nem bem me conheciam e já com ódio no coração. Bem, não é fácil me aturar, mas acredito que o destino tenha exagerado um pouco.

Tirei o dia para pensar, caminhar e cuidar do ferimento na mão. Assisti alguns documentários sobre o mundo quântico no YouTube e um deles, sobre a chamada "partícula de Deus", me fez refletir.

Cheguei ao hotel no início da noite. Usei o elevador de serviço. Nem tomei a ducha do dia; liguei o notebook, escolhi uma rádio com um repertório "rock Anos 1960" e digitei o que seria o meu documentário — sobre as ilhas, sobre o Mário e sua vida intermitente, sua busca de alguma coisa que não sabia definir, mas que corroía sua alma até o fundo. Dois goles de rum deram ao discurso o tom adequado.

O documentário teria seu início onde os outros terminam. Não existem heróis ou vilões, apenas homens e mulheres que respiram, se alegram, choram às vezes pelos erros que cometeram: um montão de lembranças esparsas em algum labirinto do cérebro, onde meus medos transformam a realidade para que eu possa sobreviver. Mergulhar significa prender a respiração, observar sob as nossas cabeças uma esfera de claridade diminuindo aos poucos, uma saída de emergência para a vida. Nessas águas gélidas e silenciosas, nos vemos entre os restos afundados de esperanças não realizadas e remoinhos intensos de incerteza. Uma pequena centelha brilha: nossa alma, que tenta concluir uma missão há muito tempo esquecida. À medida que descemos, observamos que não estamos sozinhos; há milhões de outras almas, ingênuas e perdidas como a nossa, compartilhando a busca, sonhos que não são nossos, mas coletivos, frágeis bolhas fazendo o percurso de novo até a superfície, para deixarem de existir ao primeiro sinal do entendimento.

Tentarei, da melhor forma possível, fazer o relato de como as coisas aconteceram. É que o tempo muda a nossa percepção: o mal pode se transformar em bem, nossos erros podem no futuro se tornar acertos. Afunilados em curtos períodos de tempo, não podemos visualizar os efeitos de nossos atos. Caminhamos entre balizas imaginárias que, para todos, parecem sólidos muros de concreto armado. Nossa consciência, algumas vezes, recebe fortes impactos que nos roem, como se fôssemos feitos de madeira e os cupins nos carcomessem. Quando isso acontece, mudamos; nunca mais seremos os mesmos.

Para mudar nossas vidas, basta um clarão de verdade. Só alguns passam por este processo, deve ser porque

a maioria não passa de sobreviventes nas trincheiras en-
lameadas do comodismo, prisioneiros numa vida ruim,
porém suportável. Os outros, como eu, que são levados
ao limite da resistência, quando se quebram descobrem
que essa quebra é um mito, simples rito de passagem. Às
vezes, queremos resgatar alguém que amamos, mas isso é
impossível: a passagem só tem espaço para uma alma de
cada vez.

Os fatos sempre nos atropelam, como uma manada
de rinocerontes em debandada. Não tenho medo de rinocerontes. O único inconveniente é quando eles aparecem,
sem avisar, na sua sala de estar.

Somente o ser humano é capaz de rir.

PARTE 2

MICHELLE

Por isto continuarei a tratar esse povo de modo tão estranho que a sabedoria dos espertalhões se perderá, e a inteligência dos astutos desaparecerá. (Isaías 29.14)

A Caminho do Inferno

(Tudo o que está na luz caminha para as trevas)

Os bairros periféricos de San Agustín tinham toque de recolher. Depois da hora, a lei marcial encobria tudo, como uma névoa. As tropas do exército marchavam para conter a sujeira que se escondia em cada canto maldito. Cada prostituta, traficante ou assassino pagava seu tributo para engordar as contas de algumas hienas no exterior, famintas de almas pecadoras.

Após a guerra, não é o cheiro nauseabundo dos mortos que nos atormenta, mas sim o rastro de ódio e miséria, das vidas destruídas que nunca voltam ao caminho, pobres seres humanos, transformados na escória que o poder e a sociedade tentam ocultar e aniquilar a qualquer custo: são os zumbis, criados pelo chumbo e a cobiça.

O diabo se apresenta quando é invocado, e de muitas formas. Nos anos 1970, surgiu na América do Sul aquilo que se tornaria a maior ameaça jamais vista: as drogas, que devoram os homens, compram consciências e, como um vírus letal, se espalham pelo mundo. Em seu caminho maldito, corroem tudo o que encontram até alcançarem seu destino — um paradoxo, países ricos envenenando seus jovens pelo simples fato de que têm grana para pagar suas passagens para o limbo.

Imaginem uma colônia de ratos, com espaço e recursos limitados. À medida que copulam e se multiplicam, a luta pela sobrevivência atinge o impossível. Então, começam se comer uns aos outros, sem misericórdia. Da mesma forma esses jovens, abandonados à sua sorte, se devoram física e espiritualmente.

Naquela noite, a chuva torrencial foi uma aliada: eu podia filmar sem ser percebido. As ruas, cheias de buracos, entupiam em cada esquina, levando a sujeira vomitada pelo gueto.

Numa esquina paravam carros de luxo, e homens de boa aparência negociavam o corpo de meninos e meninas em troca de uns poucos dólares ou um pouco de crack. Podia-se ver o brilho de seus anéis enquanto apalpavam os esqueletos esquálidos de suas pequenas vitimas. Do outro lado da rua, os encarregados de manter a lei e a ordem protegiam seus senhores enquanto estes perpetravam seus atos covardes. Noite após noite filmei cenas dantescas. Minha alma se tornava pequena e exaurida na medida em que se aprofundava nessa boca de esgoto.

Numa noite extremamente tensa, a polícia disparou contra nós. Siri me levou a um bar para me ajudar a relaxar e conversar com Marcos. Eu estava com os nervos em frangalhos.

— Porra, eu devia ter ajudado aquelas crianças.

— Mário, um homem sozinho não pode lutar na rua

com as mãos nuas contra um esquadrão inteiro. Os caras estão armados até os dentes.

— Só pode ser coisa do demônio.

Marcos colocou a mão em meu ombro.

— Você acredita nele?

— Quem mais poderia ser o arquiteto de tantos horrores?

— Os culpados somos nós, mas o homem sempre procura se livrar da culpa e encontrar um bode expiatório.

— E Deus? Onde fica nesta loucura? O que está fazendo ao respeito?

— Você, eu e muitos outros estamos trabalhando do mesmo lado. Mas, se de acordo como o Gênesis "Deus criou o homem à sua imagem", o grande erro da teologia é insistir na existência de um Deus semelhante ao homem O antropomorfismo é o veneno mortal da crença.

— Vamos destruir todos eles! Fazer justiça!

— Escuta, Mário. O mal, as ações perversas em qualquer nível e grau, aparecem quando o homem não tem uma percepção transparente da realidade, no momento em que sua mente confunde o ser com o ter.

— E como chegamos a esse ponto?

— Quando retira seu apoio e discrimina uma parte da população, o grupo social dominante incita e promove a criação de um gueto que, se continua a crescer, se transforma numa nova sociedade, fruto do desprezo e do ódio. Isso tudo termina fatalmente num confronto sangrento, onde apenas uma das partes pode sobreviver.

— Terrível. Estamos falando de involução social! Homens e mulheres retrocedendo aos primórdios! Em momentos como esse, a semente maldita plantada no coração floresce, e frutifica pesadelos abomináveis.

— Mário, a verdade que estou revelando a você esta noite vai além da pior das ficções.

— É muita coisa para a minha cabeça neste momento...

— É natural. Ainda existem muitos fios soltos. As nuances da maldade são infinitas... Vamos descansar.

E Siri nos levou para o centro da cidade.

MERGULHANDO

Como acontece no livro de 1641 do espanhol Luiz Velez de Guevara, onde o Diabo Coxo levanta os tetos das casas para observar a sociedade de Madri, eu precisava me aproximar de verdade, e a única forma de fazer isso era ir morar com eles, comer e rir com eles, em uma palavra: me integrar.

Convidei o Marcos para almoçar. Conversamos sobre minhas últimas experiências e ele me alertou para ter mais cuidado.

— Sabe, Mário, as autoridades não veem com bons olhos o seu trabalho.

— Eu sei. A verdade sempre incomoda.

— Preciso achar um lugar para morar no mangue velho, poderia me ajudar?

— Mário... Mário... você está metendo a mão em casa de marimbondo... Não posso te ajudar, mais conheço alguém que pode te dar uma mão, uma mulher corajosa que faz trabalho voluntário, uma francesa chamada nome Michele.

— Excelente! Podemos visitá-la hoje?

— Acredito que sim, ela sempre está na favela. Mas

vamos no meu carro, é velho, com placa daqui; além do mais, todos me conhecem no lugar.

— Ok. Deixamos Siri esperando.

Pegamos a estrada periférica e, no caminho, me lembrei da garrafa.

— Marcos, poderia ir pela estrada velha, aquela do massacre?

— Quem andou te contando essa história?

— Uma amiga...

— Você não perde tempo, homem!

Viramos à esquerda e depois à direita em direção ao mangue. Ao entrar na areia, os pneus do fusca quase atolaram. A vegetação foi ficando mais fechada, até que encontramos uma pequena estrada quase coberta pelo mato. Rodamos perto de oito km até que ela terminou abruptamente.

— Temos que contornar, Mário.

— Está fechada?

— É que no dia do massacre acharam por bem fazer uma vala aqui para enterrar a todos.

— Posso descer para urinar?

— Pode. Mas seja rápido, este lugar me deu arrepios.

Eu tinha reconhecido as cercas arrombadas. Abri a porta e caminhei pela grama. A garrafa semienterrada, marcada com meu sangue, me deixou gelado. Corri de volta ao carro e fechei a porta bruscamente.

— Vamos! Eu também me arrepiei.

Contornamos a estrada e após alguns minutos entramos no mangue velho. De longe, parecia pequeno, mas visto de dentro era enorme, centenas de seres humanos sobrevivendo sabe-se lá como, sem esgoto, água potável nem moradia adequada, os barracos de zinco, papelão e sobras de tijolos espalhados desordenadamente.

— Vamos deixar o carro aqui e continuar a pé. É mais seguro.

— Você é quem manda.

Caminhamos por entre as veredas estreitas, com cheiro de esgoto. As pessoas nos encaravam com desconfiança. Batemos numa porta de madeira quase desmanchada pelos cupins.

— Michele?

— Marcos! Que bom ver você!

— Fiquei petrificado. Um anjo à minha frente!

Era uma bela mulher, de estatura média e corpo atlético. Vestia jeans, camiseta branca e tênis usados. Seus olhos azuis-celestes iluminaram a cena.

— Entrem. Obrigado pelos remédios, Marcos, conseguimos controlar o surto de malaria.

— Que bom que ainda posso ajudar uma amiga...

Marcos explicou que eu era um jornalista a trabalho, querendo filmar de perto a vida do lugar, que o vídeo poderia trazer recursos e talvez alguma esperança de solução para esse triste quebra-cabeça. Ela me olhou com firmeza e esboçou um sorriso.

— Ele sabe onde está amarrando seu burro?

— Acredito que não, Michele. Mas você é a única que pode ajudar.

— Não temos água. Banheiro? Sem chance. Além do risco bastante alto de acabar morto.

Levantei-me do banquinho e olhei pelo buraco na parede, que acreditei ser uma janela.

— Ossos do ofício. Além disso, já estou acostumado a me safar de atentados.

Escutamos alguns tiros e gritos ali perto.

— Se abaixem! As coisas não têm estado muito calmas, ultimamente. A guerra entre as gangues pelo controle do tráfico está a cada dia mais ferrenha.

Ficamos no chão um bom tempo. Quando tudo ficou em silêncio novamente, nos despedimos. No dia seguinte eu estaria de casa nova.

No caminho de volta eu disse para o Marcos evitar a estrada velha. Ainda não tinha me recomposto. Encontramos Siri bêbado, tive que dirigir a pick-up até o hotel. Falei com o gerente e disse que faria algumas tomadas externas do outro lado da ilha por alguns dias.

No dia seguinte, aluguei um carro usado e comprei umas roupas gastas para me misturar às pessoas da favela. Enviei um email para Alonso, dizendo para não se preocupar, eu estaria fora por alguns dias. Levei comigo quatro baterias de automóvel para poder alimentar o carregador da filmadora e a pistola automática que sempre trago comigo. Trazia cravados na mente os olhos de Michele.

LAR

Cheguei no final da tarde, o melhor horário do dia para mim. Michele me esperava. Era um barraco estreito, ela tinha montado uma cama no fundo e arrumado um caixote para eu deixar minhas coisas.

— Você não vai precisar de muita roupa, é clima de praia, sabe? Deixei no fundo uma saída que dá no mangue, se seguir direto você chega ao trapiche, pode roubar uma lancha e tentar chegar ao continente.

A forma tranquila e ordenada como ela falou me deixou realmente com uma pulga atrás da orelha. Eu tinha levado mantimentos. Tomamos um café, sentados nas caixas nos fundos do barraco. Tirei um dos meus charutos e o acendi.

— Então, Michele, há quanto tempo mora aqui?

— Dez ou onze anos. Sabe, depois que meu marido morreu no Iraque, minha vida perdeu o sentido. Ele era médico do Peace Corps, trabalhamos juntos como voluntários. Creio que estou fugindo desde então.

Era a minha vez.

— Sou jornalista investigativo, casei duas vezes, e acredito que minha vida agitada sufocou ambos os casamentos. Perdi o medo de morrer, o que me transformou num cara de sorte, paradoxal, não é?

Ela tirou uma garrafinha e acendeu um cigarro.

— Quer um gole?

Bebemos, entre uma baforada e outra. Contamos nossas vidas e rimos um pouco também. Combinamos de na manhã seguinte visitar alguns amigos dela, para que eu me integrasse à vida da favela.

Acordei, caminhei para tomar minha ducha, e só então descobri que não estava mais no resort. Tive que sair pelos fundos do barraco e ir até a praia para tomar meu banho. Michele me disse, baixinho:

— Mário, se você precisar, pode fazer ali atrás, no córrego. Ah, sim, e cuidado com os caranguejos. Você corre mais riscos do que eu.

Ela virou o rosto e levou a mão à boca. Era a primeira vez em muitos anos que eu dividia o espaço com uma mulher. Quando voltei, o café e um bolinho me esperavam na mesa improvisada.

— Vamos, Mário. Está na hora de conhecer as pessoas.

Peguei a filmadora e fiz minha primeira tomada: Michele abrindo a porta e agitando os braços de um jeito engraçado.

Enquanto eu andava a seu lado as pessoas deixaram de me encarar. Todos a saudavam, alguns perguntavam de forma natural:

— É seu homem?

Ela ria, e mexia a cabeça em negativa. Finalmente, chegamos a um barraco barulhento.

— Márcia? Júlia?

— Aqui, Michele, entra pelos fundos.

Passamos por entre as palmeiras até uma espécie de pátio, onde mulheres e homens jovens riam e pulavam. O cheiro de maconha era forte. Fumavam a erva enrolada em pedaços de jornal; alguns cheiravam, com gestos desesperados, o cigarro improvisado acendido por outro. Aqui, pelo visto, o dia começava com uma dose de droga.

— Vem, Michele! Puxa! Tem para todo mundo!

Ela meu olhou, e vi um ar de tristeza profunda. Filmei discretamente, eles pareciam não se importar. Me apresentei, e a partir daquele momento passei a ser um deles. Para todos os efeitos, era o novo homem de Michele.

Mais tarde ela me explicou que os valores sociais aqui eram outros; a vida era curta e o sofrimento intenso, e por isso todos tentavam sugar ao máximo o tempo que lhes restava.

Ficamos para almoçar, peixe e mexilhões com farinha de mandioca, realmente muito bom. Continuamos na festa improvisada, que só terminou à noite.

— Michele, o que eles fazem para viver?

— Extorsão, assassinato, roubo, tráfico.

Sua resposta seca me atingiu no meio do estômago. Que forma de levar a vida...

— Pois é, Mário. O homem, no final das contas, é regido por seus instintos básicos: reprodução e sobrevivência. Aqui neste gueto o futuro não existe.

Voltamos ao barraco. Eu tinha feito boas tomadas. Decidi editar o material todos os dias, dessa forma sempre teria uma versão final do documentário. Michele ficou sentada na cama, em silêncio, observando o meu trabalho. Quando terminei, desliguei a lâmpada a gás. Ela fechou a janelinha de papelão.

— Mário, vem cá. Dorme esta noite aqui comigo.

Tirei a roupa e me deitei junto a ela. Não estava mais sozinho.

O Poço

Aquele carro estava caindo aos pedaços, um velho Ford 1977. Passei a manhã fazendo um tratamento de emergência no motor, que depois do almoço estava pronto para rodar. Pedi a Michele que me levasse para dar uma volta. Queria conhecer mais de perto o povoado onde acontecera o genocídio.

O ambiente era de uma insanidade social em grande escala. Eu não entendia como seres humanos podiam chegar a esse ponto, se manter nessa realidade desastrosa, sem conseguirem escapar de alguma forma.

O mato cobria a estrada estreita, e dos dois lados a mata nativa tomava conta. Era um bom lugar para se esconder do mundo.

— Mário, vira à direita, ali perto daquela palmeira.

— Vamos lá. Quer me mostrar alguma coisa?

— Sim. Meu refúgio.

Entramos, entre as samambaias gigantescas. Ninguém poderia acreditar que por trás dessa muralha vegetal havia uma clareira e no meio dela um poço bem antigo.

— Neste lugar eu consigo pensar, é uma forma de

recarregar a energia.

— É realmente mágico!

— Mas bem trágico também. Vem, vamos até o poço.

Caminhamos até à beirada de um círculo de pedras de mais ou menos um metro e meio.

— Quando os conquistadores ibéricos chegaram aqui, encontrar água era fundamental; naquela época cavaram aqui este buraco profundo e mataram a sede.

Olhei para o fundo e senti medo.

— O poço abastecia a pequena vila de pescadores, mas agora a água não presta mais — disse ela. Sentou-se na beirada e prosseguiu, com voz calma: — A maior parte dos corpos do massacre foi jogada nele, ninguém sabe quantos. Dizem que na maioria mulheres e crianças, para ocultar as provas do crime.

Quando ergui a cabeça, quase tive uma parada cardíaca. Na nossa frente, a uns poucos metros, Sedah nos observava. Reparei nas botas de cano alto e nas roupas, que, definitivamente, não eram de nossa época. Devo ter ficado petrificado. Michele notou que alguma coisa estava acontecendo.

— Mário, acorda! O que você está vendo?

— Nada. Estou só pensando.

— Essa não. Já vi muita coisa neste recanto.

— Obrigado por dizer isso, eu estava começando a pensar que estava pirando.

Um grupo de borboletas azuis vagava entres enormes xaxins. Ficamos um bom tempo em silêncio.

— Posso te contar...?

— Mário... você tem tido visões?

— Sim. Aqui mesmo, na estradinha, um grupo de crianças nos rodeou. Bem, não sei se era real.

— Você disse "nos"?

— Se eu te disser que era a morte, acreditaria em mim?

— Tenho falado com ela algumas vezes. E há outros, sabia?

— Bom. Você me tirou um peso: ou ambos estamos loucos, ou realmente aconteceu.

— São pessoas levando suas vidas no limite da consciência, e estamos inseridos nesse contexto. A dor aqui é muito grande, e a revolta consome toda a esperança. Os sentidos se abrem e os horrores que caminham entre nós se deixam perceber.

Peguei a filmadora e fiz algumas tomadas. Caminhei em volta da clareira com o poço no meio. As samambaias pareciam garras, e as árvores nos ocultavam propositalmente. O ar frio de fim de tarde começou a soprar. Passamos por entre a densa vegetação.

— Parece que ninguém vem aqui, certo?

— Pudera. Todos sabem o que aconteceu, e o medo os mantém longe.

Chegamos ao nosso barraco e entramos pelos fundos. Michele me deu um beijo e acendeu o carvão, que ainda estava quente. Tirei a areia da roupa e troquei as botas por chinelos. Michele me trouxe um café. Seguindo minha rotina, eu editava as tomadas diariamente e mantinha o notebook carregado, bem, pelos menos as baterias estavam funcionando bem. Quando estava passando as tomadas, vi numa delas, ao lado do poço, um grupo de crianças brincando com Michele. Fiquei gelado e imóvel. Chamei-a para ver.

— Elas se sentem bem perto de mim, Mário. É o mínimo que posso fazer, para que não se sintam tão perdidas e abandonadas. Não sei como tudo isso funciona, então, simplesmente, obedeço meu coração.

— Acho que o universo é contra o ser humano!

— Ah, Mário. Quem pode dizer que o universo é contra ou a favor de uma espécie? Não importa que seja a nossa. As religiões contaminaram nossa mente com a ideia espúria de que somos os escolhidos da criação. Na verdade, os movimentos da vida não levam em conta nossa ascendência divina, meu caro.

— Em 1600 teriam te queimado como herege.

— Essa é boa. Nossas atitudes civilizadas só são civilizadas porque estamos num ambiente onde nossa sobrevivência não corre risco. No momento em que a tua vida estiver por um fio, a máscara vai cair, fatalmente. O homem é produto de seu meio na sua maior parte, e o resto é puramente genético.

— Me custa crer que esses jovens sejam assim porque o meio os transformou em sociopatas.

— A única forma de saber a verdade é conviver com eles, saber o que se passa em suas cabeças, sentir as forças externas agindo sobre a carne.

— Você acredita que Deus cuida de todos nós?

— Evidente que não. Se Deus fosse uma entidade com consciência, nunca iria mudar as leis do universo para salvar alguns organismos. Da mesma forma que os dinossauros desapareceram da face da terra, a vez dos humanos chegará, fatalmente. Nossa mente precisa de começos e fins para contrabalançar o paradoxo da existência finita dentro de um ambiente infinito; de fatos que sejam coerentes com a forma como acreditamos que as coisas devem ser, e a natureza como processo não leva em conta nossas necessidades, físicas ou psicológicas. O que deve acontecer com certeza se manifestará neste plano. Deuses e demônios são irrelevantes.

Tomei dois goles de vinho, fumei um charuto e fechei minha boca. Encarar o outro lado do espelho é uma experiência medonha.

VENDETA

À medida que o tempo passava, as pessoas da favela iam me aceitando como um novo agregado. O documentário crescia de forma dramática, em tomadas e contradições pessoais. Gritos. Tiros. Chuva forte. Acordamos repentinamente, sabendo que alguma coisa muito séria estava acontecendo. Peguei minha filmadora e fomos seguindo os terríveis sons. O lugar não me era totalmente desconhecido, e tudo acontecia muito rápido. Quando chegamos, vimos a água da chuva tingida de vermelho correndo até as valetas. Eu tinha tropeçado num corpo de mulher que estava no meu caminho, a cabeça separada e todo cortado. Era uma das amigas de Michele.

Entramos horrorizados na casa, onde o sangue no chão e nas paredes nos dizia que algo indescritível acontecera. Nos fundos, mais três corpos mutilados nos assombravam, entre relâmpagos e trovoadas. O único sobrevivente da chacina era Rafael. Seus ferimentos eram graves, mas estava vivo.

Ficamos a madrugada inteira ajudando a limpar o local e cuidando do rapaz, que nos contou com muita raiva que os assassinos eram da gangue rival, todos armados de facão, e que os havia trucidado entre risadas. Depois de medicado, ele quis ficar na casa, tinha medo de que outras pessoas da favela se apossassem dela. No dia seguinte, visitou nosso barraco para agradecer. Michele me contou que ele conhecia toda a região e poderia me ajudar a fazer tomadas e entrevistas mais realistas. Rafael aceitou ser meu guia por uma módica diária e cigarros.

— Obrigado, Seu Mário. Estou precisando mesmo, mas só posso começar na semana que vem. Antes disso tenho uma missão, uma vingança, sabe como são essas coisas. Um homem tem que cumprir suas obrigações.

Não respondemos. Ao sair, ele disse:

— Voltarei na próxima lua cheia.

Que coisa louca! Era uma forma natural de vida, morte, sangue e coisas ainda piores. O contraponto com a realidade é como uma parede contra a qual nossos ideais se chocam e se quebram. Meu interior mudava a cada dia, e ao me olhar no espelho, sentia vontade de perguntar.

— Mário? É você?

Tatuagem

Na nossa sociedade ocidental "civilizada", as tatuagens foram substituídas pelas condecorações e patente militar nos uniformes. Quando você mata um homem é chamado de assassino; na guerra, perpetrando com as próprias mãos o genocídio de desconhecidos, é condecorado como herói. Da mesma forma, existe uma moral para os poderosos e outra para o resto. O número de inconsistências morais tem sofrido um crescimento exponencial. No gueto, na falta de caros símbolos de honra e poder, subsiste a tatuagem, para todos saberem quem você é e quantas proezas fez. Da mesma forma que na igreja, com os votos definitivos, seu nome é trocado quando você é "promovido".

O apelido dele era "*Big Killer*". Tinha quase todo o corpo tatuado. Tinha levado uma facada nas costas e Michele costurava a sua pele. Conversamos sobre seus feitos e gravei alguns minutos de vídeo.

— Big Killer, quem te deu esse nome?

— Eu escolhi, no momento da minha iniciação. Na época eu tinha dez anos e dois mortos na lista.

Era de estatura pequena, mas dava medo. Seus olhos

eram frios e sua boca tinha um sorriso torto. Nos braços, vinte e sete caveirinhas, uma por cada morte. Nas costas, um rosto rindo e outro chorando, para lembrar que na vida oscilamos entre os dois estados; sete gotas, avisando que não se pode confiar em ninguém. Uma teia de aranha no estômago dizia que era veterano. A mais nobre era, sem dúvida, o símbolo da gangue — um esqueleto rindo. Eles também têm sua cabala, escrita com dor e sangue. De saída, me chamou a atenção uma perna e um braço cruzados no queixo.

— E esta, o que significa?

Big deu uma gargalhada e se aproximou.

— Para todos saberem que engulo um pedaço da perna ou do braço de meus inimigos.

Eu me sentia melhor o vendo de longe. Michele, antes cristã fervorosa, agora ateia convicta e assumida, fez um comentário ousado:

— Ora, Mário, vocês católicos não bebem o sangue e comem o corpo de seu deus?

— Michele, por favor, é uma alegoria!

— Todas as religiões tinham rituais de sangue na sua origem. Está escrito na sua Bíblia: "Este é um holocausto, um sacrifício consumido pelo fogo, de odor agradável ao senhor."

Michele tinha razão nesse ponto. Optei por não levar a discussão adiante; ela sabia mais do que eu sobre religião.

Lembrei-me de como me senti importante ao receber a Cruz de Malta por heroísmo no campo de batalha. No discurso, houve referências a Deus, justiça, honra e liberdade, ninguém mencionou que para dar fim a seis atiradores explodimos também um hospital, coisas da guerra. Senti-me culpado. Eu não era melhor do que Big Killer, apenas mais hipócrita.

Lua Cheia

Na lua cheia seguinte, Rafael retornou como combinado. Bateu palmas na frente da casa e nos esperou, com uma expressão de dever comprido e mais duas caveirinhas tatuadas no braço. *Os juízos morais são uma breve epidemia*, pensei. *Se existe alguém corrompido é porque alguém o corrompeu.* Naquela noite, ia descobrir como a gangue agia na cidade. Rafael me levaria aos pontos de negócio.

Saímos no início da noite no velho Ford, pegamos a estrada da orla. Mantendo uma distância razoável, podíamos observar e filmar sem sermos incomodados.

— Veja, é o Blade vendendo "White Happiness" para os gringos.

— Como? White... o quê?

— Cocaína! Da boa.

Era realmente o paraíso da felicidade branca. Até os grandes hotéis, descaradamente, ofereciam a seus hóspedes pacotes informais incluindo drogas e sexo que não podiam usufruir em seus países de origem. No final das contas, também os donos das cadeias turísticas e empresários, ajudados pela polícia corrupta, fechavam os olhos, movimentando milhões de euros e dólares. Manter as gangues ativas era um bom negócio, aliando fornecedores e bodes expiatórios com altos lucros.

Era o momento de documentar a cumplicidade da cidade. Por todo lado se sentia o cheiro de corrupção. Vendia-se de tudo que fosse imoral e proibido, a preços extraordinariamente lucrativos. Tudo era muito organizado. Cada hotel permitia um número determinado de vendedores e, no final da noite, recebia um percentual sobre o total arrecadado. Existiam tabelas para tudo.

O jogo era ilegal, mas dentro das excelentes construções a roleta, as cartas, dados, apostas e até vidas humanas se definiam na sorte. Os donos do poder faziam suas negociatas, decisões de governo se alternavam entre heroína e luxúria. Grandes empresários vendiam sua pátria por qualquer moeda com lastro. Era a nova Babilônia.

Pensando bem, era tudo muito óbvio. O dinheiro tinha que sair de algum lugar, e não era das favelas, o submundo que alimentava e protegia esse fluxo letal. Agora eu estava capturando a realidade de um novo ângulo, não era mais um jornalista estranho aos fatos e sim parte do fenômeno, respirando o mesmo ar e arriscando minha vida nessa aposta.

Entrei num dos hotéis mais luxuosos. Joguei os dados e trapaceei na mesa de pôquer com os homens que controlavam o país. Filmei seus rostos e gravei o som de suas gargalhadas com a minha filmadora miniatura. Os nobres cavalheiros discutiam como os milhões de dólares e euros escapariam da crise mundial em transações triangulares, que evadiam milhões em impostos. Fiquei sabendo que a economia mundial iria quebrar em poucos anos, talvez meses, que a maior parte dos habitantes do planeta pagaria caro pela cobiça de poucos.

Como nos contos de fadas, tivemos que voltar antes da aurora. A luz do sol não agrada aos vampiros.

Somos Filhos da Maldade

(A moral é filha incestuosa do poder com a hipocrisia)

Acordei com o sol baixo. Michele pintava uma tela.

— Mário, tudo bem com você?

— No corpo, sim. Mas na alma, não. Arte?

— Estou pintando a Deusa Maya hindu, regente, entre outras coisas, do mundo da ilusão.

— Onde estão as outras telas?

— Eu pinto para vender, é minha forma de ganhar algum dinheiro.

— Meu Deus! O que levou esse povo a se transformar numa tribo sanguinária?

— Por que não pergunta ao Rafael?

— Boa ideia. Por falar nisso, Michele, não entendo como você pode ser ateia se consegue ver entidades, perceber uma parte do outro lado.

— Na realidade, sou ateia apenas no sentido de não acreditar na figura de um Deus controlador e construtor, e, além disso, o pior carrasco do ser humano. Você sabia que alguns credos, como o jainismo e algumas formas de budismo, não defendem a crença em deuses?

— Conversando com você, sempre desfaço algumas crenças dentro de mim. Cheguei à conclusão de que meus valores e visão de mundo estão equivocados, que eu mesmo sou produto de uma sociedade corrompida até os ossos.

— Evidente. Todos os valores que a sociedade ocidental incute nas pessoas são preconceituosos, tendo como único objetivo o controle. Qualquer crença diferente te transforma num inimigo mortal que deve ser destruído.

— Visto por esse ângulo, é mesmo verdade.

— O verdadeiro herege é aquele cuja pretensão é saber como Deus pensa.

— Bem, Michele, todas as religiões acreditam nisso.

— Verdade, e é por esse motivo que não sigo nenhuma.

Ponto final. Eu tinha sido derrotado, ou melhor, favorecido por essa conversa. Ela estava certa. Decidi tirar com Rafael algumas dúvidas que estavam me consumindo o cérebro. Peguei o casaco, escondi a automática num bolso traseiro e levei a filmadora na mão.

O velho Ford 1977 cuspiu um cheiro de gasolina mal queimada e alguma fumaça antes de pegar. No caminho, senti pena ao ver algumas crianças que brincavam com facas. Parei na frente da cena do crime daquela noite e bati palmas.

— Rafael...?

— Oi, Mário!

— Venha, vamos tomar um trago.

— Beleza, irmão, estava mesmo precisando.

Fomos a um boteco, desses que em outras circunstâncias eu certamente teria evitado. Todos bebiam e dançavam. Estavam drogados. Pedi uma garrafa de rum e dois copos. A moça de cabelos pretos nos indicou uma mesa, e pouco depois nos serviu uma garrafa de rum importado, dois copos e um potinho cheio de maconha. Rafael deu um tapinha nela.

— Eles me respeitam por aqui.

— Estou vendo. Então, saúde!

Tomamos meio copo de um só gole. Rafael preparou dois baseados com uma tira de papel, os olhos da moça fixos em nós, seria curiosidade ou precaução?

— Obrigado, Rafael.

— Deixa eu acender. É da boa, *brother*!

Fazia alguns anos que eu não fumava, desde a Guerra do Golfo. Lembrei-me daqueles homens assustados entre os tanques, sabendo que a qualquer momento poderiam morrer, queimados por foguetes ou morteiros.

— Legal!

— Gostou, gringo?

— Então, Rafael, me fala da tua vida... Amigos, família.

Ele deu duas tragadas. Seus olhos ficaram um pouco molhados. Alguns segundos escorregaram e bateram na mesa, para depois se perderem no chão.

— Minha mãe nos abandonou com a avó para trabalhar na Itália, era prostituta, na realidade. Minhas irmãs, aquelas que foram assassinadas, seguiram o mesmo caminho. Eu tive que me virar para comer e sobreviver. Fui estuprado várias vezes.

— Que merda!

— Bota merda nisso, Mário... Minha avó vendia minhas irmãs por trinta dólares, e a mim por quarenta. A maldita velha nem dividia o dinheiro com a gente. O ambiente se curvava sobre nós como uma casca de ovo. O som alto e o barulho das pessoas se atenuava a cada tragada, era a única forma de se poder verbalizar tanta podridão.

— Uma noite, após eu ter estado com quatro homens, minha avó trouxe um velho a quem chamou de "eminência"; na cama, ele me virou enquanto sua boca fazia um som esquisito, e começou a bater com um chicote nas minhas costas. Fiquei com medo, senti dor e raiva. Pulei para o piso de madeira, mas não tinha por onde escapar, a janela e a porta fechadas. Num momento de terror absurdo, quebrei os vidros com as mãos, peguei um caco em forma de ponta, pulei sobre a "eminência" e acertei inúmeros golpes.

— Maldito!

— Minha avó entrou no quarto, viu o sangue espirrando, com uma fonte, da barriga enorme do porco. Quando quis me pegar, acertei na perna, ela bateu com a cabeça na cama e logo rolou no chão vermelho. Caminhei até ela e dei um corte no pescoço. O sangue de ambos se misturou fazendo um "S".

— Que aberração!

— Pegamos nossas roupas e brinquedos. Vimos a polícia chegando pela janela quebrada. Na mesa tinha uma lâmpada de querosene acesa, quebrei ela no chão. Escapamos pela porta dos fundos. O único lugar onde a gente podia se refugiar era a favela do mangue velho.

Suas mãos tremiam, os olhos pareciam dois carvões em brasa. Tragou várias vezes a fumaça, para aliviar um pouco a dor. E concluiu, com um sorriso:

— Somos filhos da maldade!

As compras

Os mantimentos terminaram e as baterias ficaram fracas. Tinha que ir à cidade. Aproveitaria para levar quatro telas para o Marcos negociar. Carreguei meu celular com a pouca energia que ainda sobrava em uma delas. O sinal das operadoras não chegava até aqui. O plano era ir até a catedral abandonada, ligar para Siri vir me buscar e deixar meu carro estacionado lá. O Ford arrancou na primeira tentativa, eu estava com sorte.

Siri atendeu. Me pareceu meio nervoso.

— Mário! Que bom saber que ainda está vivo! Até disseram que tinha sido sequestrado.

— Calma, Siri... Estou vivinho e respirando!

— O delegado Fortes te procurou no hotel para conversar... Disse que você estava brincando com fogo!

Quando a polícia te procura, dificilmente é para te convidar para tomar uma bebida. Marcos tinha mencionado que meu trabalho não agradava.

— Deixa pra lá. Estou na catedral velha, pode vir me pegar?

— Estou indo!

Siri chegou meia hora depois. Nem tranquei o meu

Ford. De alguma forma, a cidade me parecia diferente. Pegamos o caminho da orla.

— O que aconteceu no mangue velho?

— Muita coisa. Realmente, lá acontecem coisas terríveis!

— Sim. O governo quer exterminar todos eles. Até falam em mandar o exército para limpar a área, uma "força-tarefa pacificadora".

Ao chegar ao hotel, a primeira coisa que fiz foi ligar para o delegado. Não podia passar um sentimento de medo ou culpa.

— Queria falar com o delegado... Fortes, por favor.

— Fortes!

— Delegado, aqui é Mário Esteves, o jornalista.

— Ah, sim... Precisamos conversar sobre assuntos sérios. Ainda hoje.

— Perfeito, estarei aí em meia hora.

— Estou aguardando.

Desligou. Subi até a suíte. Quando passei pela recepção, os olhos da moça se arregalaram para mim.

— Sr. Mário! O senhor tem recados, e o delegado Fortes...

— Me passe os recados, com o Fortes já falei.

Tomei uma ducha quente, troquei de roupa e chamei Siri para me levar à delegacia. Chegamos às vinte para as sete, o sol ainda alto, por conta do horário de verão. Siri foi levar as telas para o Marcos. Um atendente me recebeu, e falou com força militar:

— Sr. Mário, pode subir. Terceiro andar.

Nunca me agradou entrar numa delegacia. Como dizia meu amigo Marlon, "É o lugar mais inseguro de todos".

— Delegado Fortes?
— O próprio. Sente-se, fique à vontade. E então...
jornalista. Por que você morando na favela do mangue
velho?
— Estou fazendo um documentário.
— Para quem? Jornal, revista?
— Bem, quando eu terminar terei que ver, ainda não
sei.
— Seu Mário, não perca seu tempo com esses vân-
dalos, criminosos, enfim, todo tipo de lixo humano. É
perigoso ficar lá, com o nosso pessoal planejando ações
enérgicas e definitivas. Eles podem confundi-lo com um
deles, não posso garantir sua segurança. Aproveite as
ilhas, visite nossos cassinos... há mulheres maravilhosas
para escolher e todo tipo de diversão para homens do
mundo como você. Pelo amor de Deus, me atenda! —
seus olhos se arregalaram. — Sabe, trabalhar muito faz
mal para gente como nós.
— Concordo com o senhor.
— Fortes, meu caro, me chame de Fortes...
Nos despedimos com um forte aperto de mãos, e
desci as escadas rapidamente. Pensando bem, em outras
circunstâncias até que o Fortes poderia ter me persuadi-
do. Quando não se sabe de onde vem a carne do bife, a
gente come com gosto.
Cheguei ao hotel quase à meia-noite. O recepcionista me cumprimentou com um leve sorriso.
— Boa-noite, Sr. Mário. Nosso atendimento é vinte
e quatro horas. Se precisar de alguma coisa, basta ligar.
— Obrigado, mas vou dormir direto.
— Sim, Sr. Mário... Certo.
A ênfase não me bateu bem. Digitei meu código e a

porta se abriu. As luzes se acenderam automaticamente e uma música tocou, bem, era um hotel-resort de primeira linha. Luxúria, um dos sete pecados capitais. Na cama *king size*, uma morena e uma loira, totalmente nuas, falaram em coro.

— Oi! Somos presente do Fortes!

Eu estaria mentindo se dissesse que resisti heroicamente, como acontece nos filmes com o mocinho cheio de virtudes. O diabo, se é que ele existe, te pega pelas rédeas e te conduz. Após três doses de rum, rodávamos pela cama como se fosse uma festa de Baco. A besta que todos levamos dentro estava solta: bebida, sexo e drogas rolaram a noite inteira, e o serviço do hotel era realmente bom.

Acordei às duas da tarde, sem nenhuma culpa. Alguma coisa tinha mudado dentro de mim nas últimas semanas, eu esquecera as dores de cotovelo que há tanto tempo vinham me atormentando. Agia, simplesmente, guiado pelo instinto, e parecia estar retornando às minhas origens atávicas. No meu corpo, pecado e virtude serpenteavam enrolados entre si, como se estivesse realmente errado tudo o que eu sabia sobre moral, bons costumes e atitudes adequadas. Cheguei à conclusão de que estava fazendo o vídeo, não pelas razões humanitárias que supostamente me motivavam, mas porque sentia prazer em contar histórias com imagens. Até duvidei de que amava Michele; a verdade é que fazer amor com ela é que era perfeito, e sua inteligência me excitava. O mais difícil não é arrancar as máscaras que usamos para os outros, mas sim as que usamos para nós mesmos.

Tomei a minha ducha, olhei meu corpo nu no espelho e me pareceu que ainda poderia fazer muita coisa com ele. Estava quente, me vesti e tive que esconder a automática sob a camiseta. Ao sair e deixar as chaves, fiz um carinho nos dedos da recepcionista, e ela me retribuiu com um sorriso. Alguma coisa animal estava despertando dentro de mim, e eu não queria saber do que se tratava. A potência que me proporcionava bastava para eu querer mais. Da mesma forma que não tinha arrependimentos, também não me importava mais com a fidelidade ou as opiniões dos outros. Era como se tivesse retornado a um estado básico, onde a única regra era viver plenamente, ser como uma corrente de água num rio, que não questiona sua fonte nem seu destino, apenas sabe que sua natureza é fluir.

Comprei os mantimentos, e em lugar de novas baterias, um gerador. Mandei um email para o Tony, meu colega da Guerra do Golfo, pedindo que me enviasse armas e munição. Parecia que tinham se passado séculos desde que eu deixara o exército. Em 2015 os Estados Unidos quase tinham ido à falência devido aos custos bilionários da manutenção de um exército no Afeganistão. Depois disso, os países do primeiro mundo tinham privatizado suas forças armadas. O militar tinha duas opções: virar mercenário ou dar baixa e fazer outra coisa: eu, por exemplo, virei *videomaker*. Conglomerados — como a GPA, ou Global Private Army, alguma coisa como Exército Global Privado —compraram equipamentos e soldados a preço de banana. Qualquer um que tivesse caixa para pagar podia ter seu contingente particular; escolhia o perfil desejado e até podia contratar estrategistas para montar suas operações. Após dar baixa no exército, Tony tinha feito a única coisa que sabia fazer com perfeição: se tornou um mercenário. Era angariador e consultor independente.

Falei com o Marcos que eu mesmo compraria as telas de Michele, pelo triplo do valor, à vista. Ele notou que alguma coisa tinha mudado.

— Mário... Você está bem? Sinto, não sei, uma agressividade que não existia antes.

— Impressão sua, amigo.

Voltei ao hotel à noite. Descobri que podia transitar pelos lugares mais perigosos da cidade, pois sempre havia um rosto amigo fazendo com as mãos o sinal de "Tudo ok. Beleza". Entrei e peguei minhas chaves. A recepcionista me disse:

— Boa-noite... Mário. Estou livre daqui a vinte minutos. Na sua suíte?

— Claro, meu anjo.

O DIABO NUNCA OBRIGA, SEMPRE NEGOCIA

O nome dela era Marga. De manhã, após o banho, aju-dei-a a vestir seu uniforme, tomamos café juntos e ela desceu para encarar seis de horas de trabalho. Eu tinha uma aliada dentro do hotel. O celular tocou.

— Bom-dia, Fortes.

— Menino, você é uma fera. As gatas adoraram você!

— Que nada, elas é que são feras! Mas diga, em que posso ajudar?

— Queria convidá-lo para almoçar no Green Island, pode ser?

— Perfeito. A que horas?

— Digamos às três.

— Marcado. Até mais, Fortes.

Recebi um email. Era do Tony:

Cara, que bom ter notícias tuas. Estou providen-ciando teus brinquedinhos. Vai sair por 5000 euros. O número da conta é KPA-9890-76, no banco de sempre. Vamos conversar pelo canal seguro da web, ok?

T++, Tony. Uma Taurus PT-100 de brinde.

Abri uma caixa postal para Marga e liberei-a para

pegar encomendas no hangar de cargas expressas, evidentemente, após conhecer pessoalmente o chefe do setor. Podia receber e enviar qualquer tipo de carga até quinhentos kg de cada vez.

Eram quase três horas. Chamei Siri e fomos direto para o melhor restaurante de San Agustín. Meu equipamento de filmagem oculto estava funcionando. Nunca se sabe quando iremos precisar de uma tomada. Entrei na enorme cúpula transparente, onde atendentes exuberantes me levaram ao setor VIP. Fortes e outras duas pessoas me esperavam.

— Sr. Mário! Boa-tarde! — disse Fortes, sorrindo como uma hiena no cio. — Permita-me lhe apresentar dois amigos e sócios: à minha direita, o General Asturges Lima, e à minha esquerda, Melissa Golbes, vice-presidente do banco unificado das ilhas.

— Tomamos a liberdade de consultar seu histórico profissional. Impressionante! Condecorado na Guerra do Golfo, especialista em logística e informática, além de ter participado de várias missões especiais de infiltração. É o tipo de pessoa que estamos procurando para fazer negócios.

— Porra! Tudo isso!

Bebi uma taça de vinho português. Asturges Lima se aproximou e disse.

— Sabe, alguns concorrentes não enxergam com bons olhos nossas atividades de exportação e importação de produtos no seu quintal. Forçaram a criação de uma força-tarefa para tentar eliminar os focos que, segundo eles, mantêm esse negócio funcionando.

— Tipo a favela do mangue?

— Isso. Mas temos colaboradores nas outras ilhas.

Melissa soltou uma baforada.

— Meu caro, um homem com sua experiência poderia ser um líder, torná-los lucrativos, além de nos ajudar a neutralizar a força-tarefa da GPA.

— Quanto eu levo nessa?

— Um percentual sobre o volume bruto, ainda temos que definir com o resto dos sócios. Alguns, você sabe, moram em outros continentes.

Melissa, que me pareceu estar no topo da hierarquia, me perguntou:

— Te interessa em princípio trabalhar nessa empreitada?

O relógio marcava 16 horas e 6 minutos. Algumas gaivotas faziam voo rasante.

— Sim. Aceito.

INDECISÃO

No dia seguinte, peguei as compras e Siri me levou até a catedral antiga. Trocamos a bateria do Ford e enchemos os pneus. Ele voltou para a cidade, preocupado. Quando fiquei sozinho, decidi passar um tempo pensando nos acontecimentos dos últimos dois dias. Peguei uma garrafa de rum e bebi direto do gargalo. Acendi um charuto e fiquei olhando a fumaça por alguns minutos. Senti a presença do Monsenhor Alberti.

— Cura?

— Sim. Aprendendo depressa...

— É minha pele que está na jogada. A propósito, você é a única pessoa, viva ou morta, em quem posso confiar... O que está acontecendo comigo? — eu disse, e fiquei quieto. Sempre que conversava com ele entrava naquele estado alterado de consciência, mas dessa vez foi diferente.

— Mário, você sabe por que ninguém pode olhar para o futuro?

— Nem imagino.

— Porque quando você olha, ele se transforma.

— Isso tem algo a ver com o Princípio de Incerteza

da física quântica?

— Muito bem! "A realidade é meramente uma ilusão, apesar de ser uma ilusão muito persistente", disse Einstein. Ela existe em forma de ondas, com vales e picos. Talvez estejamos num momento de transição.

— É isso que me assusta! Sinto que dentro de mim há uma transformação em curso.

— O maior tirano na vida de um homem é o instinto.

Ficamos em silêncio. Senti quando ele foi embora, a sensação de estar sendo atropelado de novo por aqueles malditos rinocerontes. Olhando as coisas sem preconceito, vemos que o mundo da favela e o civilizado não diferem em sua essência: são os mesmos seres humanos disputando espaço e fazendo qualquer coisa para ganhá-lo, e o pior é que não podemos escapar desse palco nem alterar o roteiro. Quem seria a plateia? A sensação de inevitabilidade tomou conta de mim. A estrada seguia o litoral, o vento morno batendo no meu rosto. Deixei-me levar pelos sonhos.

Lembrei-me de meu pai, longe daqui, há muitos anos, nós dois caminhando juntos, ele me explicando a eterna luta do homem sobre a face da Terra e como é difícil traçar uma linha divisória entre o bem e o mal: assassinamos milhares, simplesmente, porque dobram seus joelhos para um ídolo diferente do nosso; transformamos pão em chumbo e trocamos vidas por pedaços de papel para comprar cocaína, porque, em ultima instancia, é o prazer individual que rege nossas vidas.

Nossos sonhos... bolhas de sabão

Quando cheguei, Michele pintava a deusa Shiva, com seus braços múltiplos e os símbolos de seu poder. Os pensamentos dela pareciam brincar; que regiões misteriosas e inacessíveis habitariam cada pincelada sobre o branco tecido de algodão? Ela se virou para mim:

— Oi, Mário, que bom que voltou. Deu tudo certo?

— Deu. O único problema é que não sei para quem!

Ela tinha senso do humor, entendeu as entrelinhas.

— Michele, vamos embora, para qualquer lugar onde ninguém nos conheça, recomeçar do zero...

A mão dela soltou o pincel que descrevia arabescos no ar, a tinta se agarrando à ilusão do real. Seus olhos ficaram ainda mais azuis, e tudo se tornou estático. O fluxo de tempo esperou um sinal para decidir para onde iria.

— Vou dar adeus ao meu refúgio e depois vamos, só com a roupa do corpo. Quero esquecer tudo!

Tive aquela sensação do espaço se curvando de novo; o quadro retangular se dobrou sobre si mesmo e pude ver as mãos de Shiva em múltiplas visões, se agitando sobre nós. Almoçamos calados, como se estivéssemos revendo nossa vida até aquele momento, colocando um ponto no texto para virar a página e começar um novo capítulo. Pegamos o carro e rumamos para a clareira. Como numa despedida, observávamos tudo ao nosso redor, no afã de guardar essas memórias. Andamos por entre as samambaias, pedindo ao xaxim-sentinela permissão para entrar. Os meninos fizeram uma roda em torno de nós e nos sentamos na beirada do poço.

— Mário, existe um momento para deixar o palco, e creio que o nosso é este.

— Sim, nestes três últimos dias descobri que não tenho dentro de mim força espiritual suficiente para resistir a este mundo. Sou fraco.

Ela me olhou com ternura. Abaixei a cabeça e cruzei os braços. A um canto, perto de algumas árvores, Sedah nos observava sem se mover, como uma estátua num cemitério.

Passamos a tarde inteira entre momentos de silêncio e observação profunda. Fechávamos um ciclo. Decidimos retornar à casa para partir à noite, como fugitivos de algo assustador, muito maior do que duas almas tristes. Pegamos o caminho da orla, brincando de contar gaivotas e nuvens. A certa altura, encontramos Rafael, com seu fiel AK-47 nas costas, e lhe demos uma carona.

Estávamos os três de bom humor. Ele nos mostrou sua nova tatuagem, o símbolo da gangue no seu peito, um esqueleto que dançava e ria. Desviamos, entrando numa estradinha que nos levaria até bem perto da casa de palha que ele tinha construído; não queria mais morar na casa onde suas irmãs tinham sido assassinadas. De repente, alguns tiros atingiram a carroceria do velho Ford e o motor parou. Três homens armados disparavam, se aproximando cada vez mais.

— Mário, proteja a Michele. Essa briga não é de vocês!

— Vou te ajudar, *brother*!

— Não, puta merda! Proteja ela!

Abri a porta e pulamos na areia. Levaria Michele a um lugar seguro atrás das árvores e voltaria para ajudar Rafael. Ele resistiria, tinha dois pentes de balas. Corremos. Dois disparos atingiram Michele: era uma cilada, havia mais três homens do outro lado. Seu corpo se curvou e a segurei pelos braços.

— Mário, não vai dar para a gente fugir!

— Respira! Porra! Merda!

Seus olhos viraram para cima, senti seu ultimo hálito perto da minha boca. Caímos juntos sobre a areia, que se tingiu de vermelho. Metade da minha orelha estava grudada em seu vestido. Fiquei ali, abraçando seu corpo imóvel. A realidade avançava em *frames*, pelo menos para mim. Os três homens tinham parado de disparar, queriam chegar mais perto para dar o tiro de misericórdia. Em câmera lenta, procurei a Taurus, que tinha treze pedaços de chumbo. Treze é meu número de sorte.

O sol estava se ocultando e um frio calava fundo nos meus ossos, eu estava empapado de um suor frio. Quando estavam a cinco metros de mim, disparei do chão; nunca tinha errado a essa distância. O primeiro levou dois no peito e despencou; o segundo, um no joelho que o estilhaçou e dois na garganta; contra o terceiro, que atingira as costas de Michele, disparei quatro tiros à queima-roupa. Virei o corpo dela sem vida e me levantei para ajudar Rafael. Perto de Michele, vi fugazmente o que me pareceu ser Sedah, inclinada sobre o corpo dela.

Corri até o carro; ele estava na frente, tinha descarregado seus pentes, havia três corpos dentro da valeta com água da chuva. Não se pode enfrentar um AK-47 com um mero calibre 38. Nos olhamos, eu coberto de sangue.

— E a Michele? Mário! Cadê a Michele?

— Não está mais aqui, *brother*...

Ele virou seu rosto para que eu não o visse. Eu não tinha lágrimas; daquela tarde em diante, sumiram para sempre.

Colocamos os seis corpos no velho Ford. Peguei a gasolina de reserva e espalhei sobre eles, Rafael riscou um fósforo e jogou. Não devemos deixar cadáveres a céu aberto, atraem animais e contaminam o lugar. Rafael virou as costas e foi em direção à favela sem olhar para trás. O cheiro forte de gasolina e carne queimada penetrava nas narinas. Caminhei até Michele, levantei seu corpo e o apertei contra o peito. Tinha que sepultá-la.

RIP

Uma noite sem lua nos engolia. Cheguei à praia. Meus pés afundaram na areia, passo a passo, na mais longa e melancólica caminhada da minha vida. Olhava sempre para frente para não sucumbir, um horrível silêncio por único companheiro.

No início, ao chegar à clareira, era o Mário Esteves, e os instintos atávicos tinham tomado conta de mim. Lembrei-me dos versos na cerca: *Deus, onde estavas?/ Quando os estertores finais/ Das almas em pranto/ Anunciavam o fim da existência?/ Malditos anjos que riem/ Dentro das catedrais./ Calem-se!*

Quando perdemos alguém que amamos, seu coração vai ficando pequeno, aos poucos... até finalmente desaparecer. Nunca mais o teremos de volta. Uma brisa suave começou a soprar e uma chuva fina a cair, tentando substituir as lágrimas que eu não tinha mais. Sentei-me com ela na beira do poço, como tínhamos feito algumas horas antes. Seu corpo frio se inclinou junto ao meu. Só me restava um caminho: ficar ali mesmo, com minha amada, dentro do poço. Seria rápido, bastava inclinar-me com ela para trás e tudo estaria terminado. Num momento mágico, a realidade se congelou. Na minha frente, ao lado do xaxim... Michele me olhava com aqueles olhos, azuis de morrer.

— Mário... Ainda não!

— Michele!

— Deixe meu corpo descansar aqui mesmo. Estarei aqui esperando por você, quando o momento chegar!

Meus braços deixaram seu cadáver, que se virou para trás em direção à negra porta do abismo e despencou, fazendo um ruído surdo quando chegou ao fundo. Fiquei sentado lá até o sol aparecer entre as samambaias. Depois caminhei, passei pelo xaxim-gigante e saí da clareira. Sabia que só voltaria para ficar com ela até o final dos tempos.

Projeto HAARP

O projeto *High Frequency Active Auroral Research Program* — HAARP —, em tradução livre, Programa de Pesquisa da Aurora Ativa de Alta Frequência, é financiado pela Força Aérea e Marinha dos Estados Unidos e pela Universidade do Alasca com o propósito oficial de "entender, simular e controlar os processos ionosféricos que poderiam mudar o funcionamento das comunicações e sistemas de vigilância".

Similar a numerosos aquecedores ionosféricos hoje existentes em todo o mundo, tinha sido iniciado em 1993 com uma série de experiências que duraram vinte anos, e contava com um grande número de instrumentos de diagnóstico com o objetivo de ampliar o conhecimento científico da dinâmica ionosférica.

Há quem especule que o projeto HAARP teria sido uma arma americana capaz de controlar o clima, provocando inundações e outras catástrofes. Em 1999, o Parlamento Europeu emitiu uma resolução pleiteando uma avaliação do projeto pela STOA — *Science and Technology Options Assessment* —, órgão da União Europeia responsável pelo estudo e avaliação de novas tecnologias.

Afirmava que o Projeto HAARP manipulava o meio ambiente com fins militares.[1]

Em 2002, o Parlamento Russo apresentou ao presidente Vladimir Putin um relatório, assinado por 90 deputados dos comitês de Relações Internacionais e de Defesa, onde alegava que o Projeto HAARP era uma nova "arma geofísica", capaz de manipular a baixa atmosfera terrestre.[2]

1Fonte: http://pt.wikipedia.org/wiki/High_Frequency_Active_ Auroral_Research_Program.

2 Idem.

Batismo

Amanhecia. Uma longa noite tinha ficado para trás. A favela, silenciosa, esperava por Mário Esteves. Via nele um novo membro da tribo, pois tinha pagado o preço: dor e sangue. Como um ofídio, sua pele estava caindo para dar lugar a uma nova. A vida que levara até aquele momento não seria mais sua. Seus amores e ódios seriam de outra pessoa, seus instintos aguçados o transformariam num animal perigoso e astuto. Entrou no barraco, o mesmo onde certa vez amara uma mulher, jogou-se no chão e descansou.

À noite, dez homens completamente tatuados queimaram tudo com gasolina, e os HDs externos com as tomadas de vídeo deixaram de existir. O levaram para uma caverna isolada, num lugar secreto da ilha. Acordou com o barulho dos tambores e água fria no rosto.

No meio de um círculo de fogo os homens dançavam, com gritos e gargalhadas assustadores, totalmente em transe após terem tomado um misterioso chá de cipó. Ele bebeu o líquido amargo, e após alguns minutos seu cérebro enxergava as formas por trás das formas. As batidas dos tambores primitivos o levaram também ao transe. Sentia em seus músculos a força de mil homens; tocou a verdade com seus dedos e soube, instantaneamente, o motivo de sua existência.

Antigas fogueiras e lembranças atávicas voltaram à vida. O líder da gangue o chamou:

— Meia-Orelha! Meia-Orelha! Olhe para mim! Hoje é o dia de teu nascimento! - Aceitas unir tua alma à nossa?

Meia-Orelha gritou:

— Aceito!

Em meio às brasas, uma forma de ferro vermelha estava à sua espera para marcá-lo a fogo, com um esqueleto que dançava rindo. Seu corpo não sentiu nenhuma dor enquanto sua pele era consumida. No seu peito foi gravada a tatuagem temida e respeitada nas ilhas. Entrou na roda de guerreiros e dançaram até o amanhecer. Voltaram a pé, e a favela inteira se curvou perante eles, seus deuses, forjados no fogo, no ódio e no sofrimento.

Agora, era membro de um grupo seleto que decidia o destino da gangue. Dormiam no mato em cima das árvores, da mesma forma que milênios atrás faziam os antropoides para se protegerem dos predadores. Tinham sua própria linguagem, antigos gritos selvagens que ecoavam injetando o terror no espírito dos homens.

Calculava-se que treze mil das almas que habitavam as ilhas eram membros de gangues, e apenas seis eram líderes marcados com o esqueleto que dança e ri.

QUEM SOU EU?

Como um camaleão, podia voltar a ser Mário Esteves para o mundo civilizado. Ninguém percebia o ser que se escondia por baixo da pele dele e que, na lua nova seguinte, participou de seu primeiro conclave, com todos os líderes do arquipélago.

Falei sobre a proposta de Fortes e seu grupo, e que seria bom que tivéssemos a proteção deles, já que a GPA mandariam uma força pacificadora para eliminar as gangues. Podiam ser primitivos, mas tinham a astúcia das feras. Sua reação diante da ameaça mortal foi o silêncio.

Fiquei encarregado de estudar o assunto e arrancar informações em San Agustín com os novos sócios. Vestindo o disfarce de Mário Esteves, caminhei até a catedral velha e liguei para Siri.

— Oi? Siri?

— Mário! Onde você esteve? Está sumido!

— Visitando as outras ilhas, companheiro! Pode vir me pegar?

— Claro, chefe! Estou chegando em meia hora!

Observei o Cura no alto da torre, à esquerda, olhando para mim fixamente, como se eu fosse um estranho.

Fiz um gesto com as mãos, mas não obtive resposta.

Mário tinha um problema: sua meia orelha. Na favela, era uma marca de honra, mas na cidade todos fariam perguntas. Deixou crescer o cabelo.

A primeira parada foi no banco unificado, onde verificou o saldo. Melissa tinha feito o depósito inicial, o que caiu como uma luva. A segunda foi no porto; Tony tinha enviado o primeiro carregamento de armas, munição, um gerador elétrico e um rádio de ondas curtas.

— Siri, poderia me arranjar uma pick-up, daquelas Dakota a diesel, fabricadas na China?

— Claro... Para você, onze mil euros, com registro e carteira incluída!

— Maravilha! Ah, sim, um tanque cheio e 100 litros de reserva.

—Sem problema, *boss*!

Deu um pulo no hotel. Poderia ser pior: não podemos ter tudo, nem nesta vida nem na outra...

Na recepção, Marga quase desmaiou.

— Mário! Onde você andou? O delegado Fortes ligou, disse que era urgente.

— Obrigado, meu anjo.

— Vai ficar aqui hoje?

— Sim. Creio que sim... Se não houver nenhum incêndio...

— Saudade, sabe...

— E só subir!

Tomou uma ducha, verificou o email. Alonso queria saber quando ele enviaria as tomadas para montar o documentário. Respondeu que estava mandando naquele dia mesmo. Passou um e-mail para Tony, pedindo que esperasse um pouco até ele instalar o rádio de ondas curtas.

Tomou um gole de rum. Secou meia garrafa.

Ligou para o Fortes e marcaram de jantar na mansão de Melissa. Almoçou no restaurante do hotel, tinha a tarde toda para dormir. Os animais não sofrem pelas coisas do passado, apenas agem segundo sua natureza.

NEGÓCIOS

Novamente o transportou o diabo a um monte muito
alto; e mostrou-lhe todos os reinos do mundo, e a glória
deles. E disse-lhe: Tudo isto te darei se, prostrado, me
adorares.

Mateus 4:8-9

A mansão era impressionante. Mário pensou quantas vidas teria custado. Tinha um casal de empregados e muitos guarda-costas. Parecia ser uma reunião importante, com Asturges, Fortes, Melissa e um dos principais assessores de uma ONG para a América Latina, Andrew Philman.

Melissa fez as apresentações. Mário ficou surpreso quando soube que tinha sido promovido ao cargo de agente de operações especiais contra o crime organizado, ficava faltando somente uma carteirinha com algum desenho engraçado, dessas que eles adoravam usar. Ficou sabendo que estava no meio de uma operação de alcance mundial. Mr. Philman falou primeiro.

— *Dear...* Prezados, como sabem, o planeta terra

está com aproximadamente nove bilhões de seres humanos, que comem, bebem e geram milhares de toneladas de lixo por dia, uma questão que pode com toda certeza comprometer a espécie. Temos dois problemas para resolver: o primeiro é o controle das massas, e o segundo, a redução de no mínimo 30% na população nos próximos dois anos. As reservas de água estão exauridas e cinco bilhões de pessoas passam fome, um risco inadmissível para os governos de todos os países do mundo. O segundo problema está sendo resolvido com tecnologia: alguns ajustes na ionosfera usando micro-ondas podem causar... digamos... cataclismos localizados. E o primeiro tem a ver com o fornecimento de drogas em larga escala, para manter alguns setores do mundo apaziguados até encontrarmos uma solução definitiva.

Asturges Lima tomou a palavra.

— Meus caros, San Agustín tem fornecido produtos de alta qualidade para o primeiro mundo desde a década de 1990. Tenho certeza de que podemos aumentar o volume e aperfeiçoar a logística. Esta seria sua missão, agente Esteves.

— Senhores, e o problema de entrada pelas fronteiras transnacionais? — disse Mário.

Fortes, entrando na conversa, respondeu:

— Mário, como você acha que entram milhares de toneladas de drogas por mês? Contamos com a concordância dos governos. A única forma de controlar uma revolução na crise é submetendo artificialmente as mentes das massas jovens, as mais agressivas. Depois do esforço bem-sucedido de legalização das drogas, nossos negócios cresceram aceleradamente, e chegar ao poder foi uma consequência natural. Quando perceberam o que tinham feito, já era tarde! — seus olhos quase saíam das órbitas, e seu riso ainda atormenta os meus ouvidos.

Em algum momento, produzir, processar e distribuir drogas tinha deixado de ser crime. Milhares de jovens tinham se perdido e os cartéis incrementado seus lucros junto com os governos, numa parceria de negócios jamais imaginada. O esgoto transbordou, contaminou os corpos e as almas do mundo, que vagavam pelas cidades como zumbis à procura do néctar maldito que os alienava, fazendo deles seres abomináveis.

Legalizar parecia uma boa ideia, e talvez fosse, porém o calcanhar de Aquiles era a cobiça dos escolhidos para realizarem esse delicado processo. Os reinos do mundo continuam funcionando, como no passado, em favor de uma minoria, mas as coisas estavam saindo controle e, como sempre, alguém tinha que sujar as mãos para limpar a merda alheia.

Asturges Lima, lacônico, voltou a falar.

— Nesse tipo de operação não existem baixas significativas, não destruímos o patrimônio. Eu diria que usamos armas limpas.

O garçom trouxe bebidas e alguns petiscos. Paramos para comer. Falar sobre controle das massas e genocídio abre o apetite. Melissa falou da sua área.

— Temos urgência em atingir algumas metas. O sistema financeiro fatalmente entrará em colapso... Precisamos desses dois grandes problemas resolvidos.

Após mais algumas trocas de ideias esdrúxulas, a reunião terminou. Eram quase oito horas. No trajeto de volta, Mário pensava na imbecilidade da sociedade. Chegando ao hotel, desligou as lâmpadas da suíte, Marga talvez não aprovasse as tatuagens.

Por volta de meia-noite, ela digitou a senha da porta e entrou. Quase tropeçou na mesinha de centro. Ergui-a com força e seus pés ficaram no ar. Arranquei suas roupas com violência. Aquela noite ela nunca esqueceria...

NUNCA OLHE OS BASTIDORES

Xeretar os bastidores sempre causa surpresas, e o que vimos é inacreditável para a maior parte dos que tomam conhecimento de nosso relato. Imagine-se vivendo nos Estados Unidos da América do Norte no ano de 1945 e lendo uma novela na qual o autor relata a existência de uma arma secreta, baseada em urânio, que seria lançada sobre as cidades aniquilando--as inteiramente, matando milhares de seres humanos, alguns vaporizados instantaneamente, com apenas meio quilo de material radioativo... Seguramente, acharia que o texto era uma sandice.

Errado. No dia 6 de agosto de 1945, um artefato desse tipo arrasou a cidade japonesa de Hiroshima. O projeto Manhattan, gerenciado pelo General Leslie Groves, obteve sucesso: assassinaram 140 mil civis em alguns minutos usando uma tecnologia nunca vista, que somente foi revelada ao publico em sua totalidade quase vinte anos após os fatos.

Da mesma forma, Nikola Tesla, um cientista austríaco radicado nos EUA, fez no século XIX pesquisas que deram origem ao radar e a uma tecnologia futurista que somente 78 anos depois teve os testes iniciados no Alasca, o famoso e controvertido "Raio da Morte", uma forma de distribuição de energia. Consistia, basicamente, em bombardear a ionosfera com micro-ondas de alta energia, liberando com isso estados geodésicos como tsunamis, terremotos e até erupções vulcânicas. Adequadamente direcionada, seria uma arma de dimensões catastróficas.

Esses e outros pensamentos ricocheteavam no crânio de Mário, agora transformado num ser dividido: tinha duas personalidades brigando pelo controle de sua vida, bem, algumas vezes era útil, ambas tinham vantagens a explorar. Mas ficava nervoso com a alternância entre primeira e terceira pessoa... Observador e observado de forma intermitente!

Entrou na internet, no site de noticias Breakover, e pesquisou as tendências econômicas. Quase teve uma parada cardíaca, fazia muito tempo que não lia nada sobre assunto. Leu, por exemplo:

"Grécia, Portugal, Espanha e mais quatro países da Europa na bancarrota."

"China nega ajuda à Alemanha."

"Euro roda em baixa e dólar acompanha."

Os vaticínios de Melissa estavam no caminho certo. Sua mente tinha o mau costume de fazer associações. Fez uma pesquisa mais direcionada, precisava submeter seus palpites aos fatos, só para ter certeza. Durante seu treinamento como agente de informações, me parece que Mário lera um livro de um cara chamado Hobsbawm, que argumentava que muitas vezes as tradições são inventadas por elites nacionais para justificar a existência e importância de suas respectivas nações. Hobsbawm escreveu também uma tese interessante baseada em fatos históricos: "As revoluções continuarão ocorrendo? Poderão as quatro grandes ondas do século [XX], 1917-20, 1944-62, 1974-8 e 1989-, ser seguidas de outras de colapso e derrubada? Ninguém que olhe em retrospecto um século em que não mais que um punhado de Estados hoje existentes passou a existir, ou sobreviveu, sem passar por revolução, contrarrevolução armada, golpes militares ou conflito civil armado, apostaria (...) no triunfo universal da mudança pacífica e constitucional, como previsto em 1989 por alguns eufóricos crentes na democracia liberal. O mundo que entra no terceiro milênio não é um mundo de Estados ou sociedades estáveis."[3]

Melissa e seu grupo de amigos pareciam ter uma bola de cristal ou seu equivalente, um notebook plugado em bases de dados confidenciais. Mário ficou horas na frente da tela iluminada. A cada nova informação, o quadro tenebroso se delineava melhor. Tinha a sensação de ser uma das nove bilhões de marionetes deste pequeno planeta.

---

3 HOBSBAWM, E. *A era dos extremos*. São Paulo: Companhia das Letras, 2008, pp. 445-446.

SEGUIR O RIO

Neste momento, esperar o trem e tentar detê-lo com a cara e a coragem era um plano com poucas chances de dar certo. Então, o melhor era colaborar, evitando o atropelamento iminente.

Como combinado, Siri trouxe uma van Dakota para carregar a encomenda de Tony. Mário foi com ele até o setor de cargas e pontualmente seu amigo do setor os levou pessoalmente para retirar a carga. Pegou a carteira e as chaves. Agora, mais do que nunca, era vital manter a comunicação independente, segura e robusta com Tony e seus amigos de além-mar. Mário verificou as cem Taurus PT-100 e sua munição, armas leves e mortíferas são essenciais nesse tipo de ação.

Levei os medicamentos e vacinas para guardar na favela e iniciar uma vacinação emergencial. Tony era um agente previdente, caso contrário não estaria vivo. Enviou cinco barracas de zinco plastificado, leves e resistentes, e com elas montei meu primeiro QG em um lugar isolado da ilha, e também duas antenas parabólicas para que eu me conectasse aos satélites de comunicação. Três geradores a gasolina fechavam o pacote.

— PTK-678, câmbio...

Após algumas tentativas Mário obteve resposta.

— XKL-890 na linha! Câmbio!

— Oi, Tony... Estamos nas ondas do rádio!

— Positivo e operante, Coronel Esteves!

— Tony, mensagens criptografadas de 1024 bytes. Câmbio!

— Ok. Câmbio...

— Interação verbal somente em emergências. Câmbio.

— Recebido. Confirmado. Desligando.

Localizei os satélites naquela zona. Interceptei o protocolo de comunicação e usei as senhas que Tony enviara. Em segundos, Breakover estava na tela do notebook.

Alonso tinha recebido o material, como confirmado no email enviado para Mário.

Mário, trabalho excelente. Aproveite mais tempo as ilhas... Abs. Alonso.

PS. Não fume, não beba e use camisinha.

Dei uma gargalhada e falei em voz alta:

— Filho da puta! Se ele soubesse que estou me preparando para a guerra do fim do mundo!

O arquipélago era o lugar ideal para alguém se esconder e montar os laboratórios de refino. Em duas das ilhas as plantações se protegiam sob a sombra de enormes árvores. Minha consciência estava clara. Não era somente o negócio da cocaína, eu tinha que criar uma rede nas ilhas para poder sobreviver em caso de isolamento prolongado. Uma guerra ou catástrofe natural em nível mundial, inevitável segundo Melissa e sua bola de cristal, exigiria inteligência e tecnologia para nos manter a salvo. Os primeiros carregamentos saíram das docas em navios mercantes, contratados para levar peixe congelado. Nas entranhas das embarcações, o pó branco enchia contêineres. Quanto o dinheiro entra, tudo fica bem, os patrões ficam extremamente satisfeitos. Na origem de tudo estava a fome de drogas gigantesca dos países ricos, que fomentavam e mantinham viva essa besta bizarra que consumia milhões de seres.

Os membros das gangues eram meros soldados fazendo as vezes de bucha de canhão num empreendimento milionário, comandado por grupos de poder político e econômico. Cada época encarnou seus negócios malditos: fabricantes de armas, tráfico de escravos... Em torno deles, outras atividades ilícitas cresceram como cogumelos venenosos. As verdadeiras mentes criminosas se confundem com as sombras, e nunca nome algum seria levado à luz da justiça.

OS PACIFICADORES

E saiu outro, um cavalo cor de fogo; e ao que estava
sentado nele foi concedido tirar da terra a paz, para que
se matassem uns aos outros; e foi-lhe dada uma grande
espada.
Apocalipse 6:4

Houve uma chamada de emergência. A essa altura eu já conseguia trocar de personalidade com extrema facilidade, um perfeito Dr. Jekyll e Mr. Hyde com seus respectivos pontos de vista. Peguei a Dakota e cheguei à 20h30 no local combinado, uma série de construções subterrâneas que constituíam o centro de inteligência do exército. O único jeito de chegar lá era usando amplas rampas de concreto armado. A cada nível, a identificação era obrigatória. Finalmente cheguei ao centro nervoso, lotado de monitores e estrategistas.

Asturges Lima me fez um sinal. Entramos na sala de conferencia. Éramos ele e eu.

— Coronel Esteves.

Ele era muito formal, dadas as circunstâncias, um

militar típico.

— Sim, General.

— A GPA está montando uma força-tarefa pacificadora, com a missão específica de destruir as gangues completamente.

— Quantos efetivos e equipamento?

— Extraoficialmente, duzentos soldados de elite, dez blindados e quatro helicópteros de ataque.

Pensei comigo mesmo, *estamos ferrados!*

— Quanto tempo para chegar às ilhas?

— Seis semanas.

— Alguma notícia boa?

— Não podemos contar com a proteção do exército... Porém, posso fornecer informações estratégicas...

Pegou o telefone e chamou uma oficial, a agente especial Jaqueline. Ela trouxe um rádio portátil daqueles que as tropas usam para se comunicar com seu comando.

— O Coronel Esteves usará este rádio para manter contato. Está vendo este botão verde? Ao apertá-lo, o aparelho explodirá em trinta segundos. Entendeu?

— Sim, General!

A coisa estava ficando preta. Retornei ao mangue velho e chamei os outros líderes das gangues. A primeira providência era tirar da favela todos os moradores "civis". Eu teria que montar um grupo com cinquenta dos melhores atiradores. No Golfo conseguíramos sair vivos armando uma estratégia que chamamos "Lajotas de Deus", irônico. Enviei um email criptografado para Tony.

Tony, fedeu! Sessenta (60) AK-47, munição, uniformes completos com botas de assalto... E cem (100) Lajotas de Deus. Para ontem. Mário. Deposito na mesma conta. Ok.

Trinta dias depois os efetivos estavam ao meu dispor. Sem os uniformes, pareciam simples favelados. Deixei claro que não podiam falhar. Tomaram banho e se vestiram, e eu tinha uma tropa de ataque. Cada um recebeu um AK-47 e uma Taurus com bastante munição. Não havia tempo para treinamentos, eu confiaria no instinto de sobrevivência deles. As tropas pacificadoras estavam a caminho, teríamos que correr para montar nossa estratégia. Na guerra, existe um lema: "Revele a informação necessária. Na dúvida, fique calado." Mantive o plano de defesa em segredo absoluto.

Quando as Lajotas de Deus chegaram, me senti aliviado, cada uma delas uma mina C4 de 1 kg que poderia ser detonada remotamente. Ainda não foi feito um blindado que pise numa e saia ileso. Segundo um estrategista chinês do passado, somente uma estratégia simples funciona.

Dez grupos de cinco soldados cada levariam o contingente contrário a se posicionar numa faixa de mil metros de largura, justamente o ponto de chegada ao mangue velho. A cada dez metros, teríamos uma mina enterrada trinta centímetros dentro da areia. Os dez grupos nossos adversários manteriam ocupados, talvez causando algumas baixas. No momento certo, apertaríamos via rádio o detonador, e os jogos de artifício fariam seu trabalho.

No dia combinado, a força pacificadora chegou a San Agustín. Numa semana as tropas estavam prontas para atacar o mangue velho, seu primeiro objetivo militar. No meio da tarde, as tropas da GPA já estavam na frente da catedral velha. Vindos da mata, tiros certeiros se cravaram nos corpos. A ordem era atirar e fugir de forma sistemática. A coluna percebeu que talvez tomar a favela não fosse tão fácil como tinham imaginado. No trajeto, ataques-relâmpago desviaram a atenção, mas a GPA tinha extrema confiança em seus blindados. Dois helicópteros faziam o trabalho de batedores.

Cada equipe de cinco homens era invisível dentro da mata. No final da tarde, os blindados estavam sob fogo cruzado no meio da favela do mangue velho. O comandante ordenou fogo sobre todos os barracos e qualquer coisa que se movesse. Tinha perdido alguns homens durante o caminho.

Sem dar aviso, os tiros dos AK-47 silenciaram. Todos estavam correndo para longe de área de confronto. Apertei o detonador, e 100 kg de C4 cegaram a visão de toda a coluna. Pedaços de corpos e metal retorcido voaram para todo lado. Enormes jatos de fogo e fumaça ocultaram o sol. Os pilotos, no alto, ficaram sem fala, até que no comando central uma voz trêmula informou:

— Cilada! Cilada! Sem sobreviventes!

JUDAS!

Nesse tempo muitos hão de se escandalizar, e trair-se
uns aos outros, e mutuamente se odiarão.

Mateus 24-10

Metade do contingente fora aniquilado. O mangue velho não existia mais. As perdas humanas da gangue foram quase nulas. Eu e os líderes nos reunimos no QG da
selva, enquanto o pequeno batalhão ficou à espera em
diferentes pontos da mata. A guerra não estava ganha,
metade da força-tarefa ainda esperava em San Agustín e
o fator surpresa se perdera.

Comemorávamos na estrutura de zinco e plástico,
camuflada na selva, quando tiros de M-16 furaram as paredes e dois de nós foram atingidos fatalmente. Três helicópteros tinham trazido soldados para prender os líderes
da gangue. Eu e os outros não reagimos. No momento
não havia escapatória; foram algemados e colocados no
chão, para depois serem levados aos transportes. Vitória
pírrica!

Como? Quem? Quando? Delatores?, eu pensava.
Olhei o rádio de campanha na mesa e soube quem ti-

nha sido o Judas da história. O maldito General Asturges Lima! Durante a viagem até o quartel do exército os soldados cuspiam, batiam e cortavam a nossa pele. Éramos quatro sobreviventes. Um golpe seco na minha cabeça me apagou.

Quando acordei, meu corpo machucado se retorcia num tubo de concreto de um metro de diâmetro por dois de profundidade, no alto uma tampa de ferro com alguns buracos para o ar entrar. O comandante da força-tarefa, General Briggs, queria desesperadamente botar as mãos nas senhas e mapas de contatos de toda a operação que estavam escondidos na minha memória.

Primeiro, houve um interrogatório padrão do exército; logo em seguida vieram os especialistas em tortura e intimidação de prisioneiros — choques elétricos, drogas, instrumentos cortantes e toda a gama de técnicas inventadas pelos homens para quebrar a resistência de seus inimigos. Na primeira semana morreram dois, na segunda o terceiro. Não houve mais mortes, ninguém conseguia explicar como eu permanecia mudo e vivo.

Eu sabia fugir de meu corpo e ficar observando como o torturavam. No momento de cair no tubo, retornava ao meu casulo. Semana após semana, o ritual macabro se repetia. E a cada ciclo eu tinha mais dificuldades na hora de reanimar aquelas carnes e ossos. Para tudo há um limite. Numa das sessões, o corpo de Mário deixou de respirar e o coração parou de bater. Tecnicamente, Meia-Orelha morreu, mas os torturadores, espantados, viram com seus próprios olhos como aquele cadáver cobrava vida e como sua boca torta ria. Isso afetou o moral das tropas e o medo do sobrenatural se espalhou. Meia-Orelha tinha que morrer.

Quando a tampa de ferro fundido se levantou, eu soube que era o meu fim.

— Coronel! Coronel! — era a voz de Asturges Lima.

— Filho da puta! Porco! Traidor!

— Eu não tinha outra opção!

Apaguei. Uma tarde, os olhos vermelhos de Meia--Orelha se abriram repentinamente.

— Porra! Onde estou?

A enfermeira comunicou o fato.

Numa sala fechada, com guardas na porta, Asturges Lima e o delegado Fortes responderiam às perguntas do morto-vivo.

— Bem-vindo! Primeiro a boa notícia: a força-tarefa pacificadora da GPA foi chamada de volta com a máxima urgência, para sufocar rebeliões, e isso salvou sua vida.

— Asturges! Pilantra! E qual é a má?

— Meu caro Coronel... O mundo este enfrentando o pior dos desastres econômicos possíveis! Neste momento, a guerra civil está estourando na Europa e nos Estados Unidos. O dinheiro virou pó!

— E por que me deixou viver?

— Alguém tem que controlar as gangues...

As gargalhadas de Meia-Orelha ecoaram pelo hospital.

MOEDA

Moeda é o meio através do qual são efetuadas as transações monetárias. É todo ativo que constitua forma imediata de solver débitos, com aceitabilidade geral e disponibilidade imediata, e que confere ao seu titular um direito de saque sobre o produto social.[4]

Mais duas semanas de recuperação e pude voltar. Todos me olhavam como se fosse uma assombração. Bem, no final de contas, minha aparência estava mais para zumbi do que para Meia-Orelha. Rafael tinha mantido a gangue unida. Visitara as ilhas menores unificando o comando, e em cada uma delas tinha deixado um subordinado.

Na volta, tive mais uma surpresa. Melissa Golbes estava morta, por suicídio, da mesma forma que muitos outros pelo mundo afora. Tony me mantinha informado e as notícias ficavam piores a cada dia. O sistema monetário desmoronou e os países romperam acordos, conflito mundial à vista. A anarquia devorava os povos da terra

---

4 http://pt.wikipedia.org/wiki/Moeda

como um animal feroz e faminto.

Procurei Marga no hotel. Fora dispensada, como quase todos. Peguei seu endereço e fui com Siri procurá--la. Estava morando na periferia da cidade, dividindo um quarto com três amigas. Da rua mesmo, gritei:

— Marga?

— Mário! Você aqui!

— Pega as suas coisas e sobe aí. Estou precisando de uma assistente.

Ela pegou sua bolsa e uma pequena mala. Sentou-se no banco traseiro. Estava chorando. Siri percebeu que no coração do seu chefe ainda sobrava alguma coisa boa.

Fomos ao encontro de Asturges e Fortes. No caminho, percebemos que o mundo estava mudando. As pessoas tinham um olhar diferente, uma mistura de incerteza e medo. A maior parte do comércio estava fechada, e as igrejas lotadas de desesperados. Instintivamente, Asturges e Fortes também me aceitaram como seu líder.

— O mundo está ferrado! Mas creio que podemos dar um jeito...

Os olhos de ambos se arregalaram. Qualquer esperança, por mais absurda que fosse, era melhor do que nada.

— Sabem, no Iraque, Golfo e na América Central, algumas agências de inteligência converteram a cocaína em moeda!

— Deve ser uma brincadeira!

— Ora, General. A época das ditaduras político-militares não existe mais, e as sociedades do planeta vivem uma ditadura econômica que, naturalmente, precisa de uma moeda!

Ambos ficaram atônitos. Mário ou Meia-Orelha, fosse eu quem fosse, estava certo. No século XXI, o nome dos escravos era "consumidores" e seus senhores são os fornecedores de bens. O ciclo de consumo desmedido tinha acabado com os recursos do planeta e com a liberdade das pessoas. Na realidade, Tony já era pago em kg de cocaína. Com o sistema monetário destruído, a nova moeda era de cor branca, não mais amarela. Liguei meu notebook para conferir a situação nas principais capitais no mundo. Nova York, Londres e Paris estavam em chamas, vítimas de violenta guerra civil. Na Europa, os grupos armados depredavam e queimavam tudo. O papel-moeda era inútil. Água, comida, energia tinham desaparecido da noite para o dia. Os exércitos protegiam somente pontos estratégicos e bases militares, numa tentativa de curto prazo de manter o controle social. Tirei minha garrafinha de rum, dei um gole e disse, calmamente:

— Cavalheiros... Tenho alguns contatos em todos os principais países do mundo, eles estão negociando e ajustando a forma de trabalhar com a nova moeda. Em princípio, os grandes conglomerados que desde o início estão tomando as decisões fecharam com a gente. A meta é não deixar que a economia de consumo chegue a parar.

Asturges e Fortes tomaram meio copo de uísque e respiraram fundo. O general quase se afogou.

— Puta merda, Coronel, você é um gênio!

— Não, General! Sou o maior pilantra de todos os tempos...

Os dois se despediram. Eu e Tony tínhamos recrutado nossos antigos contatos. Quando os ratos fogem das chamas, pulam no interior de qualquer porta, não interessa se leva ao inferno.

FELICIDADE BRANCA: A IDADE DA COCAÍNA

Durante três ou quatro anos vimos o mundo civilizado se consumir em revoluções e anarquia enquanto os navios de Tony e seus amigos distribuíam nosso principal produto por muitos portos. A capital das ilhas San Agustín nunca mais foi a mesma, e Alonso nunca mais respondeu aos meus e-mails. A internet desapareceu e as linhas de comunicação com o mundo se calaram. A única voz exterior vinha pelo rádio. Fiz muitas amizades com radioamadores, e soube por eles das histórias tenebrosas que estavam ocorrendo.

No segundo ano, os piratas atacaram nossos navios com embarcações menores e mais rápidas, causando perdas. Nessa época trouxemos fabricantes dos chamados "catamarãs", e eles nos ensinaram a fabricá-los com velas enormes e madeira das ilhas. Em poucos meses, rasgavam os mares. Quase todos os nossos fornecedores tinham desaparecido, e a cada dia ficava mais difícil encontrar peças de reposição. Produtos químicos eram o nosso calcanhar de Aquiles. Por sorte, algumas empresas da Alemanha continuaram nos abastecendo.

Dei-me conta de que dependíamos de tecnologias que não dominávamos — as lentes dos óculos, o aço das armas, medicamentos, petróleo e derivados —, em resumo, nosso único mérito tinha sido consumir tudo isso. Fatalmente, retrocederíamos à Idade das Trevas. Tentamos trazer alguns homens que ainda tinham na cabeça o modo de fazer, como tínhamos feito com as embarcações, mas terminamos descobrindo que existe uma cadeia tecnológica que só funciona quando completa. As coisas dependem umas das outras. Conseguimos produzir roupas sem corantes artificiais, sapatos e outros artefatos do dia--a-dia, mas nada mais do que isso.

A cada dia se perdiam coisas que não podíamos refazer. Encomendei alguns rádios ao Tony para manter um estoque, mais armas e munição que inevitavelmente iriam terminar. Ele enviou vários artesãos que fabricavam utensílios à base de madeira: arcos, flechas e até facas. Era o que podíamos aprender. Apesar de manter contato com fornecedores, Tony me alertava para o fato de que estavam acabando aos poucos. Sabíamos que não se podia alterar o curso da história.

AS GUERRAS DO TEMPO

Ouvi, então uma voz forte saindo do templo, que
dizia aos sete anjos: Ide e derramai sobre a terra as sete
taças da ira de Deus
Apocalipse 16-1

O rum ainda podia ser produzido. O algodão e a cana-de-açúcar foram a nossa salvação. Quando o último tanque de gasolina terminou, ficamos sem energia elétrica e sem transporte. Usamos álcool por um tempo, mas sem peças de reposição, tivemos que sucatear tudo até o final. Nossos catamarãs continuavam velejando, mas os clientes estavam diminuindo. Acreditei que as coisas não poderiam piorar, mas estava absurdamente equivocado!

Uma noite, Tony me ligou em desespero.

— Mário! Contato, Mário! Mário!

— Aqui, Mário! Câmbio!

— Meu Deus, que bom você estar por aí! Cara! É o fim do mundo! Cara! Merda! Merda! Eles fizeram acontecer, finalmente!

— Calma. Andou cheirando para testar a qualidade?

— Cheirando! Nem sei se vou sobreviver, amigão! Estou te dando um toque. As guerras do tempo começaram!

— Guerras de quê? Segura essa! Calma! Explique devagar!

— Um maluco aí nos anos 1930 inventou uma teoria segundo a qual poderia bombardear a ionosfera com micro-ondas, fez até alguns protótipos... Eles levaram o projeto em frente e agora vão se matar entre eles e acabar com esta merda de planeta!

— Pirou, *brother*! Pirou!

— Mário! Ah, Mário! Aqui na Nova Zelândia estamos a 67 graus abaixo de zero, quase toda a população está morta. Estou no depósito subterrâneo, tenho alimento e gasolina para 90 dias. Depois disso vou congelar, cara! Não poderei mais falar com você, e a torre de rádio está quase caindo no gelo! Amigão! Encontro-te no inferno!

— Tony!

— Mário, é uma guerra entre potências, e está acontecendo no planeta inteiro.

Conversamos por algumas horas, até que a comunicação foi interrompida e o rádio ficou mudo. Acredito que a torre despencou. Tony não era louco nem dado à histeria. Mandei todos os nossos homens saírem da cidade para o acampamento da praia, onde construíamos as embarcações. Não sabia o que esperar. Quando contei o alerta de Tony, e como outros amigos no rádio tinham me confirmado os fatos, o general me chamou de louco e viciado.

Nos reunimos no acampamento da praia e esperamos por quase duas semanas. Num fim de tarde, percebi que minha confiança em Tony com respeito a toda essa maluquice estava diminuindo. Cinco goles de rum me deixaram tranquilo. Caminhei pela areia da praia, pela primeira vez em muito tempo me lembrei de Michele e meu coração ficou pequeno. Um som surdo veio das profundezas e foi aumentando, o que me apavorou. O chão começou a se mexer e pular debaixo dos meus pés. Corri para longe do mar. A cada passo, o tremor aumentava, até se tornar ensurdecedor. Um violento terremoto estava acontecendo naquele momento no Arquipélago das Pedras. Durou muito tempo... Bem mais do que o normal. O céu ficou negro e nuvens ocultaram o sol. Despenquei no chão e esperei... Não sei quanto tempo fiquei ali, duro e com medo, suando frio.

Levantei-me e corri até a nossa pequena aldeia. Todos estavam brancos de pavor, olhavam-se uns aos outros e não diziam nada. À noite, ninguém dormiu, e um silêncio espectral cobriu nossas cabeças.

Quando o sol apareceu, fomos verificar as perdas, contar os mortos. A sorte estava nos sorrindo, eram poucas as perdas humanas e materiais. Assim que a situação estava controlada no acampamento, peguei a moto que guardava para as emergências, enchei o tanque de álcool e rumei para San Agustín.

Do alto da colina via-se um cenário de horror. Todos os prédios haviam caído, havia fogo e gritos de alguns sobreviventes, um caos completo. Desviei pela praia até o quartel onde ficava o centro de comando. Nada em pé. Rodei mais para frente na entrada do subsolo, que estava aberta e sem guardas. Pulei da moto e corri até chegar à entrada principal do complexo, todo aberto e ainda coberto de pó, paredes rachadas, sangue e corpos por todo lado. Entrei na sala de comando...

— General! Asturges Lima!

— Aqui, Coronel... Sou a Jaqueline!

— Onde, mulher?

— Aqui, deitada, creio que quebrei a perna!

A recolhi e levei até um sofá. Aos poucos, foram aparecendo os outros, todos machucados e em estado de choque. O general estava preso na sua sala por algumas toneladas de vigas e concreto. Levamos umas cinco horas para tirá-lo de lá.

— Coronel Esteves! É o fim do mundo, Coronel!

— Quase, General! Quase!

Depois de todos medicados com os últimos recursos existentes, liberamos os que podiam andar sozinhos para procurarem suas famílias. Os outros ficaram ao ar livre no quartel. Deixei o general sob os cuidados de Jaqueline e seu ajudante de ordens. Retornaria assim que pudesse.

Procurei por Fortes, que entrou na lista de desaparecidos. Eu estava pasmo. Era o maior cataclismo que já tinha visto, tudo, absolutamente tudo destruído, milhares de mortos, abutres voando sobre a cidade como anjos negros. Havia fumaça por todo lugar.

Voltando ao acampamento, contei tudo aos companheiros que me aguardavam, ansiosos. Não poderíamos entrar no perímetro da cidade por meses, a contaminação pelos cadáveres tinha que ser evitada. Nessa altura, nossa organização tinha melhorado: não há nada melhor para unir as pessoas do que o medo de morrer.

Era meu dever retirar os sobreviventes de San Agustín, mas só aqueles que não estivessem feridos mortalmente. Não tínhamos medicamentos, e todos morreriam, fatalmente. Dessa vez peguei meu cavalo, nosso meio de transporte habitual depois do fim da gasolina, e podia entrar em lugares onde a moto não conseguiria. Cheguei ao quartel ao meio-dia e fui direto à sala de comando.

— General! Asturges Lima!

— Coronel!

— Oi, Jaqueline. Onde está o General?

— Morto... Suicidou-se durante a noite... Falou com todos e os deixou sob seu comando, senhor! — bateu continência. Estava chorando, tentando manter-se inteira.

Numa sala protegida a sete chaves, estavam todos os códigos de segurança e documentos secretos. Jaqueline me entregou uma carta e uma caixa de madeira muito bem trabalhada, contendo a carta escrita às pressas.

San Agustín, 17 de janeiro de 2023

Prezado Coronel Mário Esteves,

Hoje é o fim do mundo como o conhecemos. Perdi minha capacidade de mando. Como militar, devo passar o comando para o melhor oficial e este é você, Mário. Espero que consiga liderar o que sobrou de nós.

Dentro da caixa está sua nova patente, e como oficial de maior grau o nomeio general e comandante de San Agustín.

Deixo também uma pistola da Segunda Guerra com nove tiros, minha preferida, um presente. Perdoe-me pelo incidente da GPA.

Vida Longa.
General Asturges Lima

Saí da sala e subi para tomar ar. Estava com a garganta seca. Jaqueline veio mancando atrás de mim. Cheguei ao pátio central do quartel. Os que ainda podiam ficar em pé estavam em formação militar, me aguardando.

— Armas! Apresentar! O general passará a tropa em revista!

Fiquei imóvel por alguns segundos. O homem, nos momentos de crise, precisa de alguma referencia, e neste momento a referência era eu.

— Soldados! Neste momento é nossa obrigação nos mantermos firmes! É provável que não cheguemos todos ao final deste caminho! Mas este é o nosso destino! Descansar armas!

Deixei no comando o ajudante de ordens do General, que agora era meu. Era prioritário transferir a todos para o acampamento da praia. No caminho de volta, o mau cheiro e a fumaça tornavam o ar irrespirável, e os abutres no chão iniciavam seu festim.

O cavalo estava ficando nervoso. Acelerei o trote. Entre as ruas atoladas uma mulher me olhava, seu trabalho era ficar ali.

Aurora...

A roda da vida gira eternamente...

Os sobreviventes se uniram à nossa comunidade e trabalhamos juntos. As rádios se apagaram uma a uma, e ficamos sozinhos. Nunca mais avistamos um navio sequer nem escutamos a voz de outro ser humano do exterior. Nossos catamarãs visitaram muitos portos, todos destruídos pela neve, terremotos ou calor excessivo. Paramos de procurar semelhantes. Nosso objetivo era sobreviver.

As plantações de coca secaram e os membros das antigas gangues morreram. Ficaram seus filhos, pescadores que usavam grandes catamarãs com redes de pesca. O mar tinha sobrevivido, e seus frutos eram abundantes.

As disputas entre nós terminaram, e a única lembrança eram as tatuagens, que não falavam mais de ódio ou vingança, mas sim contavam a história de nossa luta pela vida, a saga dos barcos, dos meses fora do lar por outros mares e do retorno.

Tive muitos filhos e eles me deram netos e bisnetos.

O tempo cura todas as dores, menos a do amor. Nas noites de lua cheia, eu bebia meu rum, olhava as estrelas e pensava em Michele.

Muitos invernos e verões se passaram. Aprendemos a aceitar os ciclos naturais, a alegria e a dor como faces da mesma moeda. Nossa vida era curta e dura, mais valia a pena ser vivida. Algumas vezes, em torno das fogueiras na praia, eu contava histórias de veículos voadores, cataclismos, grandes cidades, cheias de imensas construções. Todos me escutavam, atentos, mas no fundo não acreditavam em nada daquilo. Uma noite, quando voltava da praia, escutei cantos e tambores numa clareira: um grupo de jovens homens e mulheres adoravam a lua, tinham descoberto a religião. Tive o impulso de mandá-los parar... Mas quem era Meia-Orelha para tirar dos homens o sentimento do divino?

Eu tinha vivido muito. Demais. Meus olhos começavam a se apagar, meus braços e pernas já não me obedeciam. Uma noite, pedi a Sedah para me visitar. Para todos, eu era o grande Guerreiro, aquele que não morre, o bruxo que sabe muitas lendas, entende os eclipses e reconhece as melhores temporadas para a pesca, protegendo na sua caverna misteriosos segredos e artefatos mágicos, que ninguém sabia para que serviam.

Após alguns anos, a escrita e a aritmética haviam se perdido, algo aparentemente singelo que nos arremessou mil anos no passado. Às vezes, subia ao alto de uma colina para pensar. Via como a natureza seguia seu curso inexorável e nos arrastava... O temor interno de estar acompanhando o fim da raça humana me afundava o peito!

Quando chegava ao fim das minhas forças, uma esperança vinda de algum lugar ignoto me fazia viver mais um dia, acreditar no futuro de cada homem, mulher e criança daquela pequena e isolada aldeia em algum lugar do oceano azul-esmeralda.

Epílogo

Vaidade das vaidades, diz o Pregador, vaidade das vaidades! Tudo é vaidade. Eclesiastes 1-1

A vaidade é o *leitmotiv* da nossa civilização, um teatro de marionetes do absurdo. Alguns homens traíram sua espécie, corrompendo o sentido de Liberdade, Justiça, Democracia, Deus, Inferno e Pecado transformados em meros verbetes para serem usados pelo poder e por construtores de deuses. Percebi claramente que a única forma de lutar contra o mal era destruir a fonte que o alimenta...
Perdi a conta de meus anos sobre a face da terra. Quase cego, e com meu corpo debilitado — não é bom tentar subverter as leis da natureza -— chamei meu guia, um dos meus bisnetos, que devia ter uns nove anos.
— Miguel? Vem cá! Me leva até a praia!
— Mas, Meia-Orelha, é tarde...
— Menino... Quero ver o mar.
Ele me agarrou pela mão, como sempre fazia, e me levou, a passo lento e respiração agitada. Quando chegamos perto do mangue velho, perguntei:

— Miguel... está vendo a entrada do mangue?

— Estou. Então vai e procura uma brecha na mata... Com samambaias...

Ele foi. Demorou um pouco para voltar. Pegou minha mão e adentramos a vegetação. Num dado momento, estava na estrada dos meninos, aquela onde...

— Chegamos, Mário!

— Sedah! É você?

— Sim. Sempre gostei de teus lábios — ela disse. Chegou perto e me deu um beijo demorado.

— Estou velho... minha amiga! Pode me matar!

Ambos rimos como antigamente.

— Vai!... O refúgio está logo à frente!

— Estou cego!

— Depois do xaxim você poderá enxergar com a alma... Vai! Vou sentir saudades de você!

— Eu também!

Caminhei mais um pouco, tropeçando até a entrada da clareira. Quando passei o xaxim gigante, meus olhos enxergaram de novo. Nada havia mudado. A grama estava do mesmo tamanho, as samambaias enormes e verdes, o poço. Sentei-me na beirada de pedra.

— Mário!

— Michele!

Lá estava ela a meu lado, com aqueles olhos azuis de morrer, me abraçando.

— Demorei muito?

— Só um pouco...

Ficamos um tempo em silêncio, apenas nos sentindo. Olhei para a lua cheia amarela e seu halo prateado... Minha última visão desta ilusão a que chamamos de realidade.

Naquele instante, a bolha de tempo da clareira se esfacelou. A grama se espalhou rapidamente, o xaxim cresceu e despencou no chão, as pedras do poço foram engolidas para sempre. Nunca mais Meia-Orelha foi visto.

Esta obra foi composta em Minion 12/14.
Impressa com miolo em off-set 90g e capa em cartão
250g, por Creatspace/ Amazon.